如梦集

顾明远随笔

顾明远

北京师范大学出版集团
北京师范大学出版社

前言

怀旧似乎是老人的通病。年轻的时候，工作之余，总是想着明天应该做什么，将来事业怎么发展。等到上了年纪，没有硬性任务的时候，闲下来，想的都是过去的事。可是记忆已是不太清晰，形象已经模糊，往事已如梦中，故称之为如梦集。此为口述史的拾遗。

张明远

二〇二二年七月十七日

目
录

第一章　我在北师大的人和事

第二章　童年的记忆

第三章　我与报刊社

第四章　有关鲁迅研究的前言后语及其他

第五章　忆友人

第六章　杂记

第一章

我在北师大的人和事

- 在老师大的生活
- 初上讲台
- 在师大附中
- 我国第一本外国教育杂志
- 学工学农劳动锻炼
- 什么叫终身教育？
- 编写中师教育学
- 建设学科教学论和创建燕化附中
- 田中的学校，学校中的田
- 误入小学语文教学圈
- 接待外国访问者
- 中国第一位比较教育学博士和第一位外籍教育学博士
- 北师大几个培训中心
- 中青年理论工作者学会的成立
- 奥数的始作俑者
- 中国女校之先锋　培育新女性之摇篮
- 破灭的办学梦
- 教育家书院十年有感

在老师大的生活

1949年8月，从上海坐了53小时火车到北平，到北京师范大学（以下简称"北师大"）教育系报到，学号为三八〇九四四。什么是三八？指的是入学的年份。因为当时中华人民共和国还没有成立，用的是民国纪年（民国三十八年）。当时校务委员会主席是黎锦熙，教育学院院长是董渭川，第二年是丁浩川。当时学生很少，全校只有1100多人。党员也只有几十个，所以没有党委，只有总支。开始总支书记是臧权，后来是丁浩川。

北师大老校址在和平门外大街琉璃厂附近，现在已经被和平门中学（今北师大附属中学西区）、北京实验一小等单位瓜分了，好像图书馆还在，属中国教育科学研究院所有。图书馆里面有许多藏书，是中国最老的图书馆之一，我入学

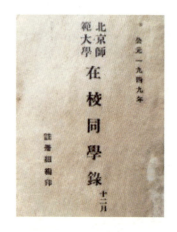

在校同学录

后经常在这里读书。那时校园很小，一进校门，院子里就有一口高高挂起的大钟，上下课就是靠它鸣金告知。校门左面一排二层楼，呈丁字形，学生都叫它丁字楼，是男生宿舍，由于条件较好，只有老同学才能住进去；右面一排二层楼叫一字楼，是女生宿舍；一字楼后一幢东西走向的小楼叫新生楼，也是学生宿舍，我们教育学院的新生就住在这里。图书馆的对面就是教学大楼了，教学楼西面有一幢小楼，叫乐育堂，是学校的中心，领导办公的地方，但教育学院办公室也在这幢楼上。乐育堂门口是一个小广场，中间有一个圆的花坛，南面就是理科的教学楼。教学楼南面还有一大排平房，叫南斋，记得美工系、音乐系的男生住在那里。再南面就是大操场了。当时的校园至今还历历在目。

我很怀念图书馆这幢小楼。在师大学习的两年中，除了上课、活动以外，几乎天天是在这幢小楼里度过的。在这里

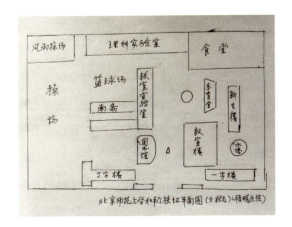

作者手绘和平门老校区平面图（上西下东）

我第一次读到马克思的《资本论》，第一次知道劳动的二重性、商品的使用价值和价值的区别、剩余价值等理论，受到了马克思主义理论的启蒙。在这里我还读到了捷克反法西斯战士伏契克的《绞索套着脖子时的报告》，读完后激动不已，写了一篇读后感，居然被《中国青年》1951年第65期采用了，这算是我的处女作。还得了一笔不菲的稿酬，我用它买了一双皮鞋。

在师大两年学的课程记得有下列几门。一年级：侯外庐先生讲社会发展史、胡明先生讲教育经济学。因为新中国成立前大学里没有这些课程，所以全校师生一同听课，在风雨操场听大课，共同学习新民主主义。此外，董渭川先生讲教育方针、周先庚先生讲心理学、林砺儒先生讲中等教育、团中央宣传部部长杨述讲青年团历史、少年儿童部部长陈琏讲少先队历史。二年级：邱椿先生讲外国教育史，薛鸿志先生讲教育统计学、电化教育，还去旁听三年级汪奠基先生讲教育哲学。那时教育系设辅修，我的辅修是地理，要到师大二院去听王均衡先生讲中国地理。他的课非常生动，记得他讲到台湾，在黑板上画了一个地图，说中国沿海像一张弓，中国台湾是箭头，使我印象深刻。师大二院在西城区文化街，是京师女子师范学堂，即女高师的旧址，今天是鲁迅中学。我们每周去上地理课、电化教育课，要进和平门，经过西绒线胡同，穿过宣武门内大街到文化街，大约要走 20 分钟。那时北京的城墙还没有拆除，和平门开了一个豁口。北京风沙很大，男人骑自行车要戴风镜，女人则戴丝巾，把头包起来。有一次我们到二院上课，刚好遇到大风沙，正是"伸手不见五指"，进和平门豁口只好倒着走。

那时中央领导经常来校作报告。一次彭真来作报告，我当记录员。听报告之前，各系各班要拉歌，"教育系来一个""数学系来一个"，热闹非凡。我因为嗓子不好，但旋律感还行，因此当起指挥来，当指挥的还有学生会主席地理系的段宝林、音乐系的陈寿楠。

学校组织腰鼓队，我就参加了，队长好像是我们班的李家齐。每年"五一""十一"群众游行，我们腰鼓队就走在师大队伍的最前面。学校每周六晚上都有交谊舞会，有时有文艺表演。印象最深的是体育系同学的踢踏舞、音乐系杨彼

1950 年 6 月作者和同学在师大旧校乐育堂前

得的男高音、老志诚老师带领的民乐队表演。抗美援朝的时候，我们班曾到天安门广场去演活报剧。

入校不久，学生会就让我负责编辑出版《师大青年》板报，参与者还有张伟垣及俄语系一位同学（已忘其名）。因为我会写点艺术字，除编板报外，还经常让我去刷标语。我们班同学还办起了夜校，为附近的青年和失学的孩子补习。

我在一年级时任中国新民主主义青年团（1957年改为中国共产主义青年团）支部宣传委员，书记李洁湖，组委窦仲菊。二年级时任团支部书记。1950年暑假，团支部到北京大兴县安定乡（今大兴区安定镇）农村去建团，为"土改"做准备。我和学前教育专业的王桂洁分派在一个村。在农村40天，吃百家饭，除大葱外没有吃过一棵菜，没有吃过一滴油，吃的都是窝头、贴饼、咸菜疙瘩，可见当时农村之穷苦。

我的家乡在解放前很落后，地方也小，中学时代班上只有两位同学有自行车，因此我到中学毕业还不会骑自行车。到北京来以后，北京那么大，没有自行车无法出去办事。于是只好学起来。班上李家齐教我，扶着我练了好几次，总算能骑出去了。一次骑车到东城苏州胡同去见一位朋友，刚骑到胡同口要转变方向，一下子撞到修鞋的摊上。又一次我们班到大兴劳动，大家骑着自行车。窦仲菊把一辆女车借给我。女车对我初学的水平和矮小的身材很合适。从师大到大兴要经过永定门。当时永定门巍然屹立，门外有一个斜坡通向街上。我骑车出了永定门，刹不住车，一下子冲下去，摔了一个大马趴。

新中国成立初期，干部奇缺，班里不少同学提前调出去工作了。抗美援朝开始后有的参军了。

1951 年 8 月至 1956 年 7 月，学校选派我到苏联学习，在国立莫斯科列宁师范学院学教育学。我校同去的还有一年级的王甦，后来他转到莫斯科大学学心理学，回国后在北京大学任教。

原载于《中国教师》2020 年第 8 期

初上讲台

　　1956年7月回国，我们学教育的三个人，周蕖被分配到北师大、迟恩莲被分配到东北师范大学，本来把我分配到华东师范大学，但由于我已和周蕖结婚，就改派到北师大。当时学校校长是陈垣；党委书记是何锡麟，1958年后先后是刘墉如、程今吾。

　　那时，学校已经搬到现在的地方了。据说1952年与辅仁大学合并后，教育系还在原辅仁大学上过课。1954年建新校。于是北师大就有三个校址了，老师大校址叫南校，辅仁大学校址称北校，现在的校址称新校。新校盖好后，南校就交给北京市了。那时主楼还没有盖起来，图书馆正在建设中。整个校园据说是当时副校长傅种孙提议的，建成北京四合院的格局，教学区、生活区都是四合院的样子。现在四合院的南楼当时是行政办公楼，西楼下面一层是卫生所，东楼、北楼是集体宿舍。我们开始住在东楼，后来搬到北楼，一直住到1960年。主楼是1958年才盖的，据说用的建材都是建设人民大会堂余下来的材料。楼高八层，是当时北京市比较高的建筑，站在楼顶上可以看到半个北京城，可以看到故宫、北海白塔，所以楼顶上造了一个警报器。每到"五一""十一"晚上天安门放烟火，不少职工就会带孩子到楼顶上去观看。整栋楼没有一根钢筋，完全是用砖砌起来的，墙壁很厚，有半米多。1976年唐山地震，北门口的墙被震裂了，成了危楼。20世纪90年代初，我们去问当时的建筑师梅葆琛，他说，当时设计的使用年限就是30年。此楼一直到2002年校庆100周年前才拆掉。

1956年8月我到北师大教育系报到，主任彭飞什么也没有说，就让我担任地理系教育学公共课教师。我当时年轻气盛，居然在毫无准备下就上了讲台。当时教育系总支书记是姜培良。教育学教研室主任是王焕勋，副主任是黄济，秘书是黎铮。第二年我又担任物理系教育学公共课教师。当时教育系在教2楼。教2楼和教4楼是师大最差的两栋楼，是"反冒进""反大屋顶"时盖的，每年夏天雨季下大雨，地下室都要积水。当时师大最好的两栋楼就是物理楼和数学楼，盖得比较早，非常坚固且庄重美观，1976年唐山地震时纹丝未动。

我和周蕖在备课上课之余，就为人民教育出版社《教育译报》翻译苏联的教育理论文章，赞科夫的《论教育和发展的问题》就是我在1958年第一次翻译过来的，刊登在《教育译报》1958年第3期上。我还和外语系的潘欢怀老师共同翻译了乌申斯基的《人是教育的对象》，与宣武医院的苗兰卿医生一同翻译了索维托夫的《学校卫生学》。苏联教育系设有这门课，我们"文化大革命"（以下简称"文革"）前教育系也设这门课，教育系还专门派沈适菡和施承斌到武汉医学院去学卫生学。我觉得师范生学这门课很有必要。《学校卫生学》分上下两部分，上半部分主要是讲几种流行病及预防，下半部分讲学校建筑、设备如何符合卫生学的要求，如教室的照明、课桌椅的高低，等等。我们在苏联教育系还学习生理学、解剖学，这都是教育学的基础课。教育少年儿童，首先要了解他们身心发育成长的规律。

1957年，教育系在北京市第二师范学校（以下简称"北京二师"，1962年改为西城区师范学校）建立实习基地，郭笙挂职担任副校长，金元逊任教务主任，我任教育学教研组组长兼教育学教师和二年级一班班主任。那一年一面在物

論 教 育 和 发 展 的 問 題。

（討論总結）

俄罗斯邦教育科学院教育理论和教育史科学研究所 耳·符·赞科夫

《论教育和发展的问题》刊发样报

理系上教育学公共课，一面就在北京二师工作，带领教育系58届的学生在那里实习。58届的学生中就有郭福昌、孙喜亭、曹剑英、刘硕等。

在地理系讲公共课的同时，还跟着学生一起到北京的中学去指导他们实习，在中学听课、评课。指导实习生上地理课主要是地理系的老师。我曾经听过王均衡教授的评课，很有收获。

讲授教育学的过程中，我发现，我国教育界学习凯洛夫《教育学》比我在苏联学的要深和细得多，似乎把它当作教育的《圣经》，字字句句都在研究它。我在苏联学教育学，并没有一本固定的课本，老师只是让我们阅读许多文献和参考书，甚至没有读过凯洛夫的《教育学》。回国以后才读到它。1956 年又出了新版，我还帮陈友松翻译了一章。1958 年以后就开始批判起来了。

原载于《中国教师》2020 年第 9 期

在师大附中

　　1958年，开始搞"教育大革命"。当年5月，北师大党委派王焕勋到师大附中任校长兼支部书记。暑假，北师大派了约40名师生去附中搞"教育革命"。王焕勋邀我去帮助他设计教改方案，结果把我留下任教导处副主任。留下的还有陶卫（任副主任）和几位北师大应届毕业生。不久，北师大教育系心理学教研室钱曼君也调到附中来任支部专职副书记。

　　当时教导处主任蒋伯惠（原是教育系学长，毕业后分配到附中）因病休息。校长王焕勋是一位慈祥的长者，对学校只作宏观领导，学校具体工作基本上由我和陶卫负责，陶卫负责教学和高中，我负责班主任工作和初中。那时，师大附中只有一幢教学楼，是高中学生的教室和图书馆。初中学生都在平房的教室里上课。学校没有暖气，冬天每天早上先要

生火取暖。烧的是煤球，那时还没有蜂窝煤。我和陶卫同住
在南面一间平房里，每天要生炉子。我是南方人，开始不会
生炉子，陶卫教我，终算学会了。但到晚上下班，炉子已熄
火。有时懒得再生火，就在冰冷的屋子里睡。那时年轻，好
像没有觉得什么。由于学校在琉璃厂附近，有时去走走，逛
逛旧书店，买几颗旧印章，其中有一块冻石印章，上面刻着
"身行万里半天下"几个字，至今我还留着。

作者在写作

1958 年正是"大跃进"时期，全民大炼钢铁。师大附中也在篮球场建起高炉，陶卫带着高中的学生大炼钢铁。找了许多废铁炼了大半个月，也没有炼出真正的钢铁来。这次炼钢虽然没有什么成绩，但增加了我们对钢铁的知识，认识到钢铁对国家建设的重要性。

学校设有车间，有几台车床、刨床和钻床，供高年级生产技术课使用。苏联学校继承列宁关于综合技术教育思想，中学都设有综合技术课。我们学习苏联，就在中学设生产技术课，许多学校都有车间。我有时和学生一同去上课，也曾学会使用车床车一些小零件。每年冬天要带学生到附近农村收白菜，夏天去割麦子。这种劳动教育锻炼学生，促进学生全面发展。

我因为负责学生工作，所以每年都要带学生参加"五一""十一"晚上天安门广场的庆祝狂欢活动。

根据毛主席指示："学制要缩短，教育要革命。"师大附中"教育大革命"搞了九年一贯制、半工半读制，结果教育质量下降，受到北京市委批评，只好改回去，重新抓起教育质量来。

那时北京市最好的中学是师大附中、师大女附中（今师大附属实验中学）和北京四中。三校轮流占高考第一名。

1960 年师大附中争得第一。

师大附中是我国最早建立的一所公立学校，有优秀的教育传统，钱学森在这里学习了六年，认为对他的影响甚深。过去就有许多北师大的老师在这里兼课，如林砺儒担任过校长，傅种孙担任过数学老师，并编写了数学教材。20 世纪五六十年代有一批在北京市很有名的教师，如教高中代数的韩满庐被尊称为"韩代数"、教几何的曹振山被称为"曹几何"、教三角的申介人被称为"申三角"，还有教化学的尚兴久、教生物的陈婉芙、教语文的时雁行等。我常去旁听一些课，听他们的课真是一种享受。我还系统听了陈婉芙老师的生物课，非常生动。当时很想把她的经验总结出来，终因自己的水平不足，也没有时间，未能如愿。后来我曾说过，在附中四年，与其说是当老师，不如说是当学生。在那里我由不会当老师学会了当老师。

当时正值三年困难时期，提倡劳逸结合，我就利用休息时间补学（自读）中国通史、中国教育史、西方哲学史等，回北师大后，有时去听教育史研究班的课，每天早上起来临帖 2 张，补给我对中国传统文化之不足。

原载于《中国教师》2020 年第 10 期

我国第一本外国教育杂志

1964 年 9 月，教育系大部分师生到河北参加"四清"运动一年。我因体检发现肺炎，需休息。教育系主任于陆琳说，你就去筹备《外国教育动态》吧，又派黄菊美协助我。

此前，1961 年教育系在翻译室基础上，成立了外国教育研究室。把懂外语的部分老师调到该室，包括迟恩莲、周蕖。欧阳湘任主任、符娟明任副主任兼支部书记。

1965 年 9 月，由国务院外事办批准，教育部在高等学校成立了四十多个外国问题研究机构。我校建外国教育研究室、苏联哲学研究室、苏联文学研究室、美国经济研究室。外国教育研究室在原有的基础上扩建。应届毕业生宋文宝、黄丽珠、林冰等分配加入。年底，四个研究室合并为外国问题研究所,独立建制。党委副书记谢芳春任所长,刘宁和我任副所长(兼),毕淑芝任直属支部书记。

当时中宣部提出,要为地区一级干部了解外国教育办一个内部刊物:《外国教育动态》。为了正确引导,每篇文章前都要拟有编者按语。按语和选稿要送中宣部教育处审查。自 1965 年秋天开始出版试刊,至"文革"前共出试刊 2 期,正刊 3 期。"文革"中停刊。

1979 年 1 月,北师大撤销外国问题研究所建制,成立外国教育研究所,我兼任所长,毕淑芝为书记。改革开放以后,大家迫切要求了解国外教育发展的情况和经验。为了促进

1965 年第 1 期《外国教育动态》

《外国教育动态》的复刊，我就给当时国务院主管科教的方毅副总理写了一封信，说明《外国教育动态》的背景，希望《外国教育动态》能早日复刊，并向国内外公开发行。方毅同志很快就批准同意。于是《外国教育动态》在1980年正式复刊，为此，我特地请了赵朴初先生题了刊名。

《外国教育动态》的出版遇到了许多困难。因为没有经费支持，许多出版社都不愿意接手。后来通过翻译苏霍姆林斯基的作品，与天津教育出版社建立了良好关系，他们同意出版。当时在编辑方针上又有了争论，我们希望全面介绍发达国家的教育，特别是高等教育。因为改革开放以后我国急需人才，恢复高等教育的秩序，培养专门人才是当时的重点。但是出版社从发行的角度考虑，希望内容以中小学教育为主。经过双方磨合，两者兼顾，在天津教育出版社出版发行了两年，后由北京师范大学出版社接手。

那时编辑条件很艰苦，没有电子设备，送稿校对都需要编辑亲自到天津去。开始时除由邮局发行外，还自办发行，每期出版，研究所的同志都全体上阵，大家动手打包再送邮局寄出。1992年，比较教育界学者认为"动态"缺乏学术味，建议更名为《比较教育研究》，并作为比较教育研究会会刊。本来叫《外国教育动态》发行量达18000份，许多中小学为了了解外国的教育订购这本杂志。改成《比较教育研究》后，中小学认为这是研究性期刊，就不订了，发行量一下子跌到6000份。杂志2001年从双月刊改为月刊，成为我国哲学社会科学核心期刊；2003年后从64页、96页增加到112页；2012年得到社会科学基金首批学术期刊资助。

我一直认为开展比较教育研究、杂志编辑，首先要把资料工作搞好。外国教育研究所订有许多外文报纸杂志，我们就分工，每人负责几份报纸和杂志，把主要文章做成卡片，每个月集体交流一次。这个制度一直维持到20世纪90年代初。

我一直担任《外国教育动态》主编，宋文宝任副主编，后来又调来况平和任编辑。宋文宝退休后由曲恒昌任副主编、执行主编，直至2015年由鲍东明任执行主编。当初《外国教育动态》制定编辑流程，来稿先要经过集体审稿选稿。作者投来的稿子，要经过我和周蕖、曲恒昌、曾昭耀等初选，认为可采用或修改后可用的再交宋文宝、况平和去编辑处理。此项工作在我任副校长期间也没有中断过。曲恒昌接手后，我就参与得少了。曲恒昌认真负责，他任副主编、执行主编期间，篇幅不断增加，质量不断提高。我一再要求辞去主编名义，由曲恒昌担任真正的主编，但他始终没有答应。不幸

的是，曲恒昌教授于 2020 年
1 月 23 日去世，他对《比较
教育研究》作出的贡献，我
们永远铭记在心。

2020 年是《比较教育研
究》（原《外国教育动态》）
创刊 55 周年。经过比较教
育界同人的支持、编辑部的
努力，该刊已经成为比较有
影响的刊物，为我国教育

1992 年第 1 期《比较教育研究》

界了解国际教育改革和发展的动向、培养青年学者提供了
资源。

原载于《中国教师》2020 年第 11 期

学工学农劳动锻炼

1969年冬，学校大部分教师到北京房山县（今房山区）参加东方红炼油厂建厂劳动。在那里3个多月，我先当架子工，一名中专毕业的技工教我如何给绳子打结，如何把竹杆一根一根用铁丝捆起来。我很佩服他的熟练技能。工棚搭好了，就派我去烧锅炉。这个锅炉可不是取暖用的，而是给水泥板加温的。三班倒，有时要上夜班。上夜班时有夜宵吃，一碗面条，吃得特别香。现在我都是照着当时师傅做面条的办法，先用葱花炝锅，加上酱油和盐，加上水，烧开后下面条就行了。现在吃起来总觉得没有那时吃得香。

烧锅炉是个重体力活，要推煤、上煤，最重的还是出炉渣，一根铁杆就有十几斤重，拿着它把几十斤的炉渣耙出来，非常吃力。与我同班的有一个年轻农民工，叫小张，房山人，看我力气小，经常帮着我，我们结成了朋友。"文革"后，他在北京市市政公司工作，还带了家乡的大米来看过我，我非常感激他。他后来换了工作，我们就失去联系了。

1970年春至1971年年底，我校一百多名教师到山西临汾分校"五七干校"劳动锻炼、思想改造。所谓"五七干校"，是指毛主席1966年5月7日指示，学生要学军、学工、学农，所以就把干部下放劳动的地方叫"五七干校"。早在1964年，我校就在山西临汾西部吕梁山下，离刘村不远的地方建立了分校，分东西两片，相距约一公里。西片是平房，东片是砖窑洞。教育系一年级的学生就在那儿上过课。"文革"中分校变成"五七干校"，教师干部在那里学农劳动锻炼。在干校，我们一二三排在东片。我任第二排排长，体育系崔大国为副排长。我排包括教育系、历史系、体育系的三十多名教师，其中年龄最大的是历史系何兹全，还有教育系彭飞、张鸣岐等。所以后来何兹全先生见到我，总说我们是"五七战友"。第一排是中文系，有郭预衡、陈敦等老师。第三排主要是数学系、物理系，排长是李英民。

我们的任务主要是开荒种地，先把山坡开成梯田，然后种上麦子。因为是生地，第一年播了50斤种子，第二年才收了100多斤麦子；在平原地区种玉米，也只收了200多斤，主要是缺水、缺少肥料。然后是种葡萄，葡萄园早已有了，不知道什么时候谁种下的。我们的任务是把葡萄枝从土里挖出来上架、浇水灌溉、剪枝，秋天收获，冬天再把葡萄枝埋下地里保暖。每年的葡萄收成很好，并不拿到市场去卖，而是在我们干部中销售，一元钱一脸盆，是秋天最大的享受。学会了种葡萄，回北京后，我在家里就种起葡萄树来，收成也不差。

那里非常缺水，干校边上就有一条渠，但常常没有水。为了灌浇，我们常常要挖渠，要挖到 3 米深，工作量很大。吃的水井也常常打不上水，经常要下去挖淤泥。井深 30 多米，都是年轻干部下井挖泥，先喝点酒，再下去挖，非常辛苦。

为了改善生活，也为积有机肥，干校还养猪，任务交给了我们第二排，体育系的老张和教育系的梁志燊就成了猪倌。可是我们的猪就是养不大，虽然吃的饲料比老乡的还要好，但就是不长膘，都成了僵猪。可见养猪大有学问。干校还养了一群羊，地理系的邬翊光就当过羊倌，冬天还把羊赶到山上去放。干校养了两匹马，还有一台拖拉机和一辆卡车。方福康曾在干校开拖拉机。

往山下走就是刘村，那儿有一所刘村中学，校舍面积很大，看来是临汾比较大的中学。那时还在停课状态，学校里没有学生。我们有时到村里转转，和那里的干部开会，商量点事，在合作社买些小商品。购买更多的日用品就要到城里去了。要过汾河，好在汾河已枯竭，搭上几块木板就可过去了。有两次，我们排的黄菊美和左林瑞先后病了，我和同事拉了平板车把他们送到县医院，总算没有大事，住两天就回来了。干校做饭和取暖都要用煤，离干校几公里的山上有一个小煤矿，有几次我们就开车到山上去拉煤。有一次我们还

作者自制的手杖

下矿参观，采矿的设备很落后，矿工非常劳苦。夏天，我们二排还去帮当地老乡刈麦子，并开展比赛，体育系的田继忠刈得最快。我也学会了刈麦子，刈得也不慢，甚至比第二年来的青年教师还快。刈麦子也是一项重体力活，一天下来背就麻木了。

每到星期天、节假日，我们就上山砍荆条，荆条很直很硬，据说狼牙棍就是用这种荆条做的。我们砍回来做手杖。有的老师做得很好，做成龙头手杖，很气派。我也做了一根简单的手杖，2008年腿疼还用到了它。我们在干校两年的生活虽然很辛苦，但还是非常丰富愉快的。

1971年年底，临汾分校撤销，全部教师回北京。两年时间垦荒养猪，本来虚弱的我，居然也能挑起一百多斤的担子，还会刈麦子，而且学到了不少农业知识。

原载于《中国教师》2020年第12期

什么叫终身教育？

　　1972 年年初，从临汾劳动回来以后，当时学校工宣队派我到北师大二附中担任革委会主任兼支部书记。1974 年 9 月，学校突然通知我去国务院科教组（原教育部）报到，说要准备去参加联合国教科文组织第十八届大会。我们在科教组准备了将近一个月，阅读教科文组织的各种文件，了解该组织的历史和情况，同时审阅各国为教科文组织制定中长期教育规划提交的提案。我负责审阅教育方面的提案，共 100 多份。发现内容分两类：一类是发展中国家提出的，要求为扫盲和发展初等教育立项；另一类是发达国家提出的，要求为发展成人教育和终身教育立项。对于成人教育我是熟悉的，新中国成立后，国家对成人教育很重视，在新学制中就有成人教育的单独系统。但什么叫终身教育却完全不了解，请教了我们学校的其他老师，也都不知道什么叫终身教育。只好到会场以后再说吧。

1974 年 10 月初，代表团起身赴巴黎参加会议。按照教科文组织规定，代表团应有 5 名正式代表、5 名副代表、若干名顾问。代表团团长是原教育部高教二司司长胡沙，团员中有清华大学副校长张维院士，顾问有北京大学鲁毅、陈乐民和我 3 人，还有翻译等工作人员一行 10 多人。当时中国还没有国际航班，我们乘法国航空公司的飞机波音 707 赴会，飞行中晚上停靠巴基斯坦卡拉奇加油，第二天又停靠希腊雅

作者与鲁毅、张维合影（从左至右）

典，才到巴黎戴高乐机场，飞了 20 多个小时。开始住在离埃菲尔铁塔不远的一家小旅馆，后来搬到了大使官邸。那时中国驻法大使是曾涛。

联合国教科文组织每两年开一次大会，当年的总干事是马厄。大会期间，除全体大会外，还设有 5 个业务领域的分会，教育是其中的一个。代表团中教育口的就我一个人，我自然就参加了教育分委员会。会议规定用语有英语、法语、俄语、汉语、西班牙语和阿拉伯语。但会议主要用语是英语和法语。我只能用俄语，为了方便，代表团为我配了一名英语翻译，我校外语系的张莤清老师。

联合国教科文组织第十八届大会要制定中长期发展规划，所以会议时间很长，开了约 50 天，分三个阶段。第一阶段 20 天，是大会辩论，会员国家代表团长都要在大会上发表演讲；第二阶段约 20 天，审议各国提交的提案；第三阶段是回到大会进行辩论。在第二阶段的几天里，我就参加教育分委员会，也是先由各会员国代表发表演讲。我主要讲了中华人民共和国成立以后教育所取得的成就。然后讨论提案，最后进行表决。我对发展中国家提出的扫盲和普及初等教育的提案当然十分赞成，但对发达国家提出的终身教育因不甚了解，不敢赞成也不敢反对，只好弃权。

1974年，西方国家遇到了石油危机，再加上20世纪五六十年代是科学技术迅猛发展的年代，各国都在生产转型升级，失业率增加。因此西方国家对青年失业问题非常焦虑。所以提出要发展成人教育、终身教育。大会期间，法国教育部部长在凡尔赛宫举行了招待会。各国代表在金色大厅互相交流。一位澳大利亚代表问我，中国怎么解决青年失业问题。我一句话就把他顶了回去。我说，中国青年没有失业问题，中学毕业生都上山下乡，农村有广阔的天地。现在听起来很可笑，但当时觉得立场很坚定。

1976年，我看到由华东师范大学邵瑞珍先生翻译的，联合国教科文组织1972年发表的教育发展报告《学会生

部分中国参会代表在凡尔赛宫门前合影（右二为作者）

存——教育世界的今天和明天》，才了解终身教育提出的时代背景。报告是由多个国家的专家组成的国际教育发展委员会编写的，主席是法国前总理富尔，因而又被称为《富尔报告》。报告深刻地分析了新的科学技术革命对人类活动的影响，认为人类正在走向学习化社会，每一个人必须终身持续不断地学习，才能适应科学技术发展和社会的变革。终身教育是学习化社会的基石。该报告出版后，两年内就相继被译成了 33 种文字，在世界各国出版发行，不少国家进行了终身教育立法。早在 1965 年，联合国教科文组织成人教育局局长朗格朗就在成人教育大会上作报告，提出终身教育的概念。该报告后来出版为《终身教育引论》。可见终身教育的提出与 20 世纪五六十年代的科学技术革命有关。正如《富尔报告》中说的："科学技术革命使得知识与训练有了全新的意义，使人类在思想上和行为上获得许多全新的内容和方法，并且是第一次真正的具有普遍意义的革命。"终身教育的思想，完全符合马克思主义教育的原理。马克思在《资本论》里讲，大工业机器生产造成了劳动的变换、职能的更动和工人的全面流动，只有把生产劳动和教育相结合，以体脑结合全面发展的人代替局部发展的人，大工业机器生产才能继续下去。

终身教育的思潮传到我国以后，起初大家还不太理解，直到20世纪90年代我国工业转型升级，大批职工下岗，才认识到终身教育的重要性。1993年，中共中央、国务院发布《中国教育改革和发展纲要》，第一次在国家文件中提出要建立终身教育体系。

联合国教科文组织第十八届大会开了约50天，真是一次马拉松会议。除开会外，会下我们也很忙碌，特别是团长，要与友好国家，特别是发展中国家代表交流会谈，争取他们对中国的支持，有时还宴请他们。一般都是在中国餐馆请他们吃中国菜。我曾参加了几次在一个叫中华餐厅的中餐馆的宴请。第十八届大会要换届改选总干事和执行委员会委员，竞争十分激烈。最后我国张维院士被选举为执行委员，这是我国第一次有代表团参加教育全球治理。

会议上不允许代表自己照相，会议有专门摄影师。摄影师把各国代表的照片展示出来，洗一张需要7法郎。当时我们每天的伙食费也就7法郎，谁也舍不得拿仅有的30美元零花钱去洗照片。所以我们都没有会上的照片。会议期间休息日，代表团组织我们去参观了巴黎的许多名胜古迹。自然要参观卢浮宫、凡尔赛宫、埃菲尔铁塔，还参观了荣誉军人博物馆、巴黎圣母院、圣日耳曼城堡等，增长了许多见识。

还参观了巴黎第七大学，见到美国"阿波罗"号飞船从月球带回的小小岩石样片。12月初回国，那时中国民航已开通国际航线，我们终于搭乘中国民航回到祖国。

原载于《中国教师》2021 年第 1 期

编写中师《教育学》

　　"文革"以后，恢复中等师范学校，培养小学教师，但没有教材。1980年，教育部委托我们编写中等师范学校用的教育学、心理学教材。当时我任教育系主任，于是就承担起编写中师《教育学》的任务，心理系主任彭飞主编《心理学》。觉得编写前先要做一番调查研究，了解小学教育的情况和中师老师的需求。于是我和靳希斌、赵敏成三人到成都、重庆、武汉、长沙、杭州、上海调研。我们第一站到了成都，住在学道街教育厅招待所，和成都师范的老师们座谈，听取了他们对中师教育学教材的意见。第二站要到重庆，本来买了晚上的火车票第二天早上到重庆，可以有时间去参观一下名胜古迹，但到火车站才发现火车改点，早已开走了，只好回到招待所又住了一夜，第二天早上乘车，晚上才到重庆。

在重庆与重庆师范的老师进行了座谈，晚上坐船准备到宜昌。

那时正在修建葛洲坝水电站，离宜昌还有一段距离，我们只好在葛洲坝上岸改坐长途汽车到宜昌，再从宜昌坐火车到武汉。从葛洲坝到宜昌要经过一段弯弯曲曲的山路，很险峻。开车的是一位女司机，一面抽着烟一面和旁边的朋友聊天，我们真为她捏了一把汗。在武汉访问了华中师范大学教育系，由教育厅请了几位师范学校的老师和小学老师座谈。

在武汉，我们遇到了一件使人惊讶的事。晚上住在湖北省委招待所，同屋有一位来自劳动人事部的干部，闲谈时，说起知识分子待遇问题，都认为知识分子的薪酬太低，尤其是小学教师。这位干部竟然说："小学教师算什么知识分子？现在半文盲都在教小学。"这话对我刺激很大，于是想到，教师要得到社会尊重，教师自己要有学问。为此，我在 1989 年为《瞭望》杂志写了一篇文章《必须使教师职业具有不可替代性》，当时中央广播电台还播放介绍了我这篇小文。

从武汉我们坐火车到了长沙，访问了毛主席读过的湖南第一师范，与那里的老师进行了座谈，还参观了爱晚亭等历史遗迹，深受教育。在长沙遇到我在中学和师大的同学陈寿楠，他当时任长沙市交响乐团指挥。他带我们到火宫殿吃臭豆腐。靳希斌、赵敏成都是北方人，吃不惯，我却大饱口福，没有吃完的还带到火车上，一直吃到杭州。在杭州、上海都访问了师范学校，和那里的老师以及当地小学老师们座谈，听取他们对小学老师需要什么样的教育知识的意见。

回北京以后，我又请黄济同志共同担任《教育学》主编，召开了编委会。教育部师范司副司长李一本、我校副校长肖敬若参加了会议。还请了北京第三师范学校的唐绍桢老师和

1982 年 6 月讨论中师《教育学》（前排左二为作者、左三为黄济、左五为肖敬若，左六为李一本；后排左五为陈孝彬，左六为靳希斌）

上海第四师范学校的哈敬老师及几位中师老师来参加，讨论了编写提纲。

这本《教育学》虽然没有摆脱旧的体系，但也有几点创新。过去的《教育学》都是把教师和学生放在最后几章。我认为教师和学生都是教育中的重要要素，应该放到前面来讲，让师范生了解自己的职业使命和特点，了解教育的对象学生。而且学生是主体，应该作为教育学中的主线。对此，大家都没有意见。当时争论的是，"教育与社会的关系"这一章放在前面讲还是放在后面讲。我认为中师学生初中毕业，年龄太小，一年级才 16 岁，给他们讲教育与经济、政治、文化的关系，他们难以理解，主张放在最后一年讲，因为《教育学》在中师要学二年，学生到高年级就容易理解了。但中师的几位老师认为教育两大规律：外部规律和内部规律，应先讲外部规律，再讲内部规律。第一版按照我的意思编写了，第二版他们坚持要求改过来，我也只好

《教育学》

依他们的意见。但我在最后加了"世界教育发展的动向"一章，以扩大师范生的视野。在该书"学生"一章中写了"学生是教育的客体，又是教育的主体"一节。该文被《江苏教育》主编看中了，抢先在《江苏教育》小学版 1981 年第 10 期发表，没有想到引起了教育界的一场争论。许多老师认为，学生是主体，教师的主导作用在哪里？争论了 10 年，我在《华东师范大学学报（教育版）》上再发表了《再论教师的主导作用和学生的主体作用的辩证关系》。后来学生的主体性渐渐被大家所接受。

其实，"学生是主体"并不是我的发明。1976 年出版的苏联阿拉诺夫、沃莉利娃、斯拉斯捷宁等编写的《教育学》中就有专门一章"儿童是教育的客体和主体"。该书没有对这一命题做理论上的论述，但却给了我很大的启发。于是就把这一命题写在中师《教育学》中，并且认为这一命题应该成为这本书的主线。参加编写的还有陈孝彬、黄菊美。

这本《教育学》于 1982 年由人民教育出版社出版，在我国中等师范学校用了 10 年，印有 40 多万册。改革开放以后 80 年代的中师师范生可能都读过这本书。

原载于《中国教师》2021 年第 2 期

附：

学生是教育的客体，又是教育的主体

　　在教师和学生共同活动的教育过程中，把学生摆在什么地位，教师和学生是什么样的关系，这个问题关系到教育的效果，也关系到培养的人的质量问题。是教育工作者必须弄清楚的问题。

　　历来教育家都把这个问题作为重要的理论问题加以探讨，并且发表了许多意见。一派意见认为在教育过程中，教师有绝对的权威，学生只是教育的对象，他们只有听教师的教导，自己没有什么主动权。另一派意见认为学生是教育的中心，要让学生自由发展，教师只处于辅助地位。所谓儿童中心主义，把儿童比作太阳，教师比作月亮，教师要围绕着儿童转。这两派意见都没有认识到师生两者之间的辩证关系，只强调了一方面的作用，忽视了另一方面的作用，都是片面的，不科学的。

　　在教育过程中，学生是教育的对象。教师是根据一定的教育目的，按照一定的教育计划对学生施加有目的有计划有组织的影响，在这个过程中，教师起着主导作用，学生的德智体诸方面是在教师的指导下得到发展的。从这个意义上讲，儿童是教育的客体。但是，教育对象与生产对象不同，教育过程也不同于生产过程。这是因为：第一，学生是活生生的人，每个人的素质和个性都不同；第二，学生不是被动地接受教育，他有主观能动作用。学生绝不是一张白纸，能够随意画出要想画的图画；也绝不是录音机和录像机，能够把教师教的东西都录下来。不是的，他们接受教育是有选择的。一切教育影响都要通过学生自身的活动，经过他内在的矛盾斗争才能被他所接受。从这个意义上来讲，学生又是教育的主体。毛泽东同志在谈到事物发展的原因时讲到："事物发展的根本原因，不是在事物的外部而是在事物的内部，在于事物内部的矛盾性。"① 又说："唯物辩证法认为外因是变化的条件，内因是变化的根据，外因通过内因而起作用。"②教师的作用只能是外因，儿童内在的矛盾才是内因。教师的教导只有通过儿童自身的矛盾斗争才能被接受。一切教育活动，除了必须要有好的内容，好的教材，好的教师等条件之

---

① 毛泽东：《毛泽东选集》第 1 卷，301 页，北京，人民出版社，1991。
② 毛泽东：《毛泽东选集》第 1 卷，302 页，北京，人民出版社，1991。

外，还必须有最重要的一条，即学生愿意学习，才能顺利地进行。否则其他条件再好也没有用。教师的作用除了表现在选择教育内容，把知识和学习方法教给学生外，更重要的是在于启发学生的积极主动性。学生的积极主动性越高，教育效果会越好，教育的质量就越高。因此，学生既是教育的客体，又是教育的主体。

承认学生既是教育的客体，又是教育的主体，会不会忽视教师的主导作用呢？不会的，相反对教师提出了更高的要求。因为，无论是教学过程，还是教育过程，都必须在教师的指导下，通过学生自己的活动去取得知识，去接受一个观点或者一个信念。教师的职责就在于充分发挥学生的主观能动性。小学儿童由于身心的发展还不完善，他们还不会自己学习，更需要教师去启发他们。但是，启发他们，不是包办代替。只有把学生的积极性调动起来，让他们主动地参加到教育活动中去，才能事半功倍，取得较好的教育效果。

怎样才能做到既把学生当作教育的客体，又把他当作教育的主体呢？

（一）教师要了解学生，学生是生动活泼的人，每个人都不一样。要对学生进行教育，就需对每个学生的思想、感情、兴趣、爱好、经历有一个透彻的了解。如果教师把这些情况了解透了，教育就成功了一大半。儿童在接受教育的过程中，可不是小木偶，他们会表现出各种各样的行为，有积极的，也有消极的，只有了解了他们的行为的动机和他们的心理特点，才能采取有效的教育措施，因势利导，取得教育效果。如果我们不了解他，或者误解了他，采取了错误的方法，就可能挫伤儿童的积极性，教育就告失败。了解了学生的情况，还需要有正确的分析和认识，哪些是符合他的年龄特点的，是正确的，哪些是不正确的。但不要轻易下断语。了解情况不是目的，目的是教育。了解情况只是教育的前提条件，了解清楚了，分析得又正确，教育才能做到有的放矢。

（二）要尊重学生，尊重他的人格，不可损害他的自尊心。教师不能有看不起学生的表现，不能态度粗暴，随意呵斥，而是应该像对待成人一样平等地对待他们，听取他们的意见，和他们共同研究教育教学中的问题，使他们渐渐感到自己是教育活动中的主人。

（三）要启发学生的自觉性和积极主动性。要想让学生学习得好，首先学生要有学习的愿望和要求，积极主动地参加到学习活动中去。如果学生是被动的，教师教什么，他就听什么，这样的学习就不会有成效，也不会发展智力。要启发学生的自觉性和积极主动性，就要改变"满堂灌"的教学方法，要把课讲得生动活泼，使学生产生兴趣，吸引他们参加到教学活动中来，思考问题，提出疑问，回答问题。在开展教育教学活动中，要避免教师的包办代替。五十年代报上曾经刊登过一组漫画，一个大人用积木为孩子搭了一座整齐壮观的楼房，可是孩子走过来一脚把它踢倒，自己搭起了歪歪斜斜的楼房。虽然他搭的远不如他爸爸搭的好，但他对自己搭的楼房却很欣赏，很满意。这组漫画反映了儿童要求主动性的心理，很有教育意义。儿童的这种主动性是很可贵的。教师切不可因为儿童做的东西粗糙，而否定他的成绩。一旦挫伤了他的积极性，他就会厌恶学习和学校，这是很危险的。

（四）要为学生创造条件和环境，让学生自己去克服困难，去认识事物。这样获得的观念才巩固，才会变成自己的坚定信念。例如，要培养学生为人民服务的思想，光靠单纯的说教是做不到的，应该组织他们参加到为人民服务的活动中去，使他们在做好事的过程中，体验到精神上的愉快，为人民服务的信念就会不断加强。特别是对犯了错误的学生，要创造条件让他有改正错误的机会。例如，有一位学生损害了公共财物，教师可以有意识地给他布置一项爱护公物的任务，当他完成了任务，受到集体的信任，爱护公共财物的观念就会在他思想上逐步建立起来。这些办法就是让他成为教育的主人，而不是被动地接受教育。

学生既是教育的客体，又是教育的主体，是一条具有十分广泛意义的教育规律，它涉及教育教学工作的各个方面，遵循了这条规律，教育就能有成效，违反了这条规律，教育就可能失败。强调学生的主体作用，要和发挥教师的主导作用结合起来。只有教师的主导作用发挥得好，学生的主体作用才能发挥出来。

原为中师《教育学》中一节，

曾载于《江苏教育》1981 年第 10 期

建设学科教学论和创建燕化附中

建设学科教学论

　　新中国成立初期，我们学习苏联模式，师范院校培养师范生，必修教育学、心理学、教材教法。教材教法，这是一门实践性很强的课程，不仅要向师范生分析中学所设学科的教材，传授教学方法，还要指导学生到中学去实习。这是一门培养教师专业化很重要的课程，但是却一直得不到师范院校重视，从事这门课的教师也得不到应有的尊重。专业课教师往往看不起教材教法的教师，他们不认为教学法也是一门科学，教材教法的教师评职称也受到歧视。

　　这种状况必须改变。改革开放后我国学位制度的建立，给改变教材教法学科的命运带来了契机。1983 年 7 月，国务院学位委员会召开学科评议组第一届第二次会议，我被补任评议组成员。会上，北京师范学院（今首都师范大学）提交了"教材教法研究"全科硕士点的申请、华南师范大学提交了"物理教材教法研究"的申请。"物理教材教法研究"送到物理学科评议组去评议，组长谢希德认为，这门学科应该交给教育学科评议组评议。当时教育学科评议组召集人是陈立（杭州大学校长、心理学家）和刘佛年（华东师范大学校长），成员有中国社科院陈元晖、南京师范学院高觉敷、西南师范大学张敷荣、我校王焕勋和我等。刘佛年就与我们组员商量，既然北京师范学院和华南师范大学都申报了教材教法研究硕士点，这门学科，北师大、华东师大、东北师大应该是力量最强的，虽然它们都没有申报，应该也给予它们授予权。于是这一届学科评议组就通过了北京师范大学、华东师范大学、东北师范大学、北京师范学院全方位，华南师范大学物理单科的教材教法研究硕士授权点。这些学校招收教材教法专业硕士研究生并授予学位，使师范院校的教材教法课程的地位提升了一个台阶。

会上我提议，教材教法的名称缺乏学术性，可以改为学科教学论，得到大家的同意。会后，学位委员会修订学科专业目录，就把教材教法研究改为学科教学论了。

1984 年我被任命为北师大副校长。为了加强教材教法教师队伍的建设，除了将教材教法改为学科教学论，提高该学科的学术地位外，我觉得应把各系教材教法的教师凝聚在一起，于是 1985 年成立了一个松散的组织——中学教育研究中心，定时共同研究一些中学教育的问题。中心后来并入教育科学研究所（以下简称"教科所"），闫金铎教授任所长，后来我又争取在学校学位评定委员会下面设立了教育学位评定委员会第二分会，审定学科教学论的硕士、博士学位。教育硕士专业学位的评定就都由第二分会负责了。这些举措极大地提高了学科教学论教师的地位，也为国家培养了一批课程教材专家。

教科所成立后，开展了中小学五四学制试验，组织编写五四学制教材。说起五四学制的试验，我校从 1958 年就开始了，北师大实验小学 1958 年建校就是五年制，直到 1986 年。因为当时小升初要考试，实验小学用的是自编教材，与北京市不同，为了参加北京市小升初统考，还要学习北京市使用的教材，增加了学习负担，家长有意见。无奈只好改为六年制。当时实验小学校长尤素湘为此到我办公室哭了一场，勉强改过来。对于五四学制，我们一致想要试验。我们认为，小学生的潜力很大，可以缩短年限，初中课程较多，学生负担较重，实行五四学制可以缓解初中的学业负担。我的前任肖敬若副校长在任期间就开展了五四学制的试验，我继任后就继续了这项试验。教科所成立后，就在闫金铎、陶卫的带领下开始编写五四学制教材。这套教材是当时"一纲多本"八套半教材中的一套，在山东诸城、湖北沙市（今荆州市沙市区）、黑龙江等地使用，受到当地的欢迎，直到新课改开始才停止。

1986年5月25日到6月2日国务院学位委员会学科评议组第三次会议教育心理组成员合影（后排左三为作者）

创建燕化附中

我校有三所附中，即北京师大附中、北京师范大学附属实验中学（原北京师大女附中）、北师大二附中；一所附小，即北师大实验小学。为了加强对附校的领导，1985 年北师大成立普通教育处，调师大附中校长陶卫为处长。1985 年，时任燕化石油公司党委书记吴仪，希望北京师范大学帮助他

北师大燕化附中

燕化附中西藏班

们建立一所中学，以稳定燕化公司的干部队伍。燕化石油公司地处北京市房山县燕山脚下，离北京有几十公里，当时交通不便，当地没有一所好的中学。公司干部为了孩子上学，往往要求调回北京。燕化公司副总经理曹湘洪到师大来商谈，我觉得北师大应该承担发展基础教育的任务，同意帮助燕化公司办一所高品质学校。随后我与陶卫访问了燕化公司，与吴仪同志达成一致意见，创办北京师范大学燕化附属中学。当时没有签什么协议，也没有讲什么条件，完全是君子协定。

会后燕化公司负责学校基建，陶卫负责招聘教师、设计教育教学方案。当年9月就按时开学了，陶卫任名誉校长，聘请北京十五中原校长王兆麟为校长。这是我校第一所与企业合作办学的学校。

学校创建初期，陶卫经常去指导教学工作，我有时也去与老师座谈。学校还选派了几位年轻教师到师大二附中进修。2011年开始由北京市教委批准设立西藏班，截至2020年7月，已培养西藏学生近500人，2012年经专家评议获准成为北京市示范高中。2020年是该校成立35周年，在全校师生的努力下，教育质量不断提升，成为一所著名的民族融合特色学校。

原载于《中国教师》2021年第3期

田中的学校，学校中的田

我们北师大新校是 1954 年才开始启用的。原来这里是北京城北面城外的一块荒地，地名就叫铁狮子坟。据说北到北太平庄，西到明光桥，南到索家坟都是北师大圈的地。但1958 年这里盖起八大学院，北京邮电学院（今北京邮电大学）就在我校西面一块地上建起来了，南面索家坟盖起了住宅楼，北师大就被压缩到现在一块不满千亩的校园。

1956 年我从苏联回来，学校刚建不久，教学用房仅有教一楼、教二楼、数学楼、物理楼，现在的四合院是行政楼和单人宿舍，学生宿舍有中南楼（女生宿舍）、西楼、西北楼、西南楼（男生宿舍），职工宿舍只有工一、二、三、四楼。学校周围都很荒凉。据说那时还有野狼出没，所以西楼西面墙上还画有红色圆圈，为的是防狼。我还看到过这些红圈。

学校里有许多荒地，所以有些地就种起庄稼来。特别是三年困难时期，国家规定，征的土地如果不建房，就要种上庄稼。于是教二楼与教一楼之间，也就是原出版社前面的一块地、数学楼北面一块地（现电子楼和敬文讲堂），还有小学西面一块地方，海淀四季青公社都用来种上了小麦。困难时期各系都利用空地种菜。现在京师大厦那块地就是教育系的菜地，主要种胡萝卜，到10月左右全体教职工收胡萝卜，分胡萝卜，相当热闹。

生物系原来有一块很大的生物园，就在现在西门宿舍的地方，有二三十亩。园里除麦田外，种有果树，桃树、李树、苹果树都有，还养有兔子、狗等动物，供生物系师生做实验用。20世纪90年代盖起了地理楼、化学楼和职工宿舍塔楼，生物园也就没有了。生物系原来在小汤山附近还有十几亩试验田。

北师大南院在1958年"大跃进"时期，物理系办起机电厂，化学系办了化工厂；1958年为建低能核物理研究所开始基础建设，1979年正式成立。两个工厂20世纪80年代中才停办。原来生物园西北角几间平房是教育部的仓库。20世纪末盖塔楼时，教育部就在南院盖了中国教育报刊社的楼。

气候逐渐在变暖，20 世纪五六十年代，北京比现在冷得多。当时电子楼还没有盖起来，数学楼后面这块地夏天种小麦，一到 12 月就铺上冰场，学生可以在这里溜冰。

改革开放前，学生也少，全校也就四五千人，学校的建设也还没有完成，所以校园还不显得拥挤。改革开放以后，特别是高等学校扩招以后，学生达到 2 万人以上，校园就觉得十分拥挤了。

北师大的校舍因为一直缺乏经费，到 20 世纪 80 年代还没有建完。现在的教九楼和英东教育楼的地方只挖了地下一层就停下了，成了烂尾楼，冬天成了存放白菜的地下室。有一年教育部副部长彭佩云来视察。我告诉她，师大基建至今没有完成。她很同情，但当时国家资金很困难。教育部也在想办法筹集资金。1986 年，香港企业家邵逸夫给内地 10 所大学各捐赠 500 万元人民币建逸夫楼。教育部就把北师大列在其中。1986 年，我和基建处处长到昆明云南大学开会，10 所学校和教育部港澳台办共同讨论建楼的方案。我校决定把它用来建图书馆楼。1988 年盖成，就是现在主楼后面的五层楼。当时是学校最漂亮的楼，好像还得到鲁班奖。

1987 年，霍英东为内地发展教育捐赠 500 万美元，国家教委就安排到咱们学校，盖一幢教育大楼。开始，学校有些领导想盖科技大楼。我坚持要盖教育大楼。国家教委领导也支持我的意见，认为霍英东是给教育捐款不是给科技捐款。总算把盖教育大楼定了下来。原来教育大楼里设计了学前教育实验室、观察室、特殊教育研究中心等，后来都被挤作他用了。教育大楼还附建一个学术会堂。当时全校没有一个像样的会议厅。学术会堂中最主要的是报告厅，开始设计成阶梯式，我力主设计成多功能厅，可以做多种用途，最后采纳了我的意见。就是现在的英东学术会堂学术报告厅，可

作者（左）与霍英东（右）

以开大会，坐 400 人，也可以开三四十人的小会。英东教育楼 1992 年建成，教育系、心理系、教科所和比较教育研究所都搬了进去。这楼在当时是学校最好的楼，至今也不落后，学术会堂的利用率很高。

原载于《中国教师》2021 年第 4 期

误入小学语文教学圈

　　1979年4月，中国教育学会经邓小平批准成立。大会选举董纯才为会长，我校王焕勋和我被选为常务理事，当时我是最年轻的常务理事。1979年夏，我校教育系小学教材教法教研室主任高惠莹去大连参加小学语文教学研究会成立大会。会上居然把我缺席选为研究会常务副会长，会长郭林、副会长袁微子、秘书长高惠莹，把我拉进了小学语文教学的圈子里。郭林是延安过来的老教育家，但身体欠佳，不能参加大会。1981年暑假在长沙开理事会，只好我去主持。袁微子是小学语文界的权威，当时任人民教育出版社语文编辑室主任。开会期间他忙得不得了，许多老师都来找他谈问题。他一杯浓茶一支香烟，和老师们侃侃而谈，有时谈到深夜。

当时李吉林老师正在开展情境教学实验。不少老教师不太理解，有些议论。李吉林老师为此非常苦恼，找到我说这件事。我就在理事会上讲，教育改革要允许实验，情境教育在国外已经有了，主要用于外语教学，我们也可以实验嘛。李吉林认为，我这几句话是对她的极大支持，她就把情境教学实验坚持下来了。会后，她去华东师范大学拜刘佛年校长为师，学习进修，经过三十多年的勤奋努力，结合我国的教育实际，创建了中国本土的情境教育体系，成为一代名师，曾获得第一届基础教育国家级教学成果特等奖。由于我当时说了那几句话，她把我视为知己，结成深厚友谊。我曾多次参加李吉林情境教育思想研讨会，到她的学校去听课。她的《情境教育三部曲》就是我写的序。李吉林老师可以说是在中国大地上创造情境教育理论的教育思想家和教育实践家，是新中国成立以来开出的一朵教育奇葩，对中国基础教育的改革和发展产生了巨大的影响。不幸的是，2019 年 7 月她因病去世，大家都悲痛不已。为此，我写了一副挽联：

情怀教育，深爱儿童，坚守三尺讲台教书育人；
扎根大地，不断创新，首创情境教育理论体系。

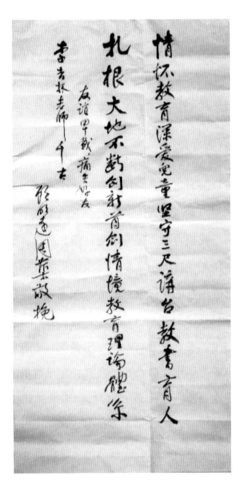

作者手写挽联

1986 年，国家教委成立中小学教材审定委员会和审查委员会，主任是国家教委副主任何东昌，副主任有国家教委副主任柳斌、王明达、北京大学副校长沈克琦、清华大学教务长邢家鲤和我。我校钟善基、丁尔陞教授为审定委员，我校还有 19 位学科教学论专家被聘为审查委员，参加各学科教材的审查。20 世纪 80 年代后期至 90 年代，我国教材实行"一纲多本"，也就是全国有统一的教学大纲，教材则可以由各出版社编写出版，全国共有八套半义务教育阶段的教材。为什么说八套半？因为其中有一套只编写了小学阶段的复式班教材。我校曾编写了一套五四学制教材，即小学五年初中四年制用的教材，由北京师范大学出版社出版。此外，还有个别老师编写的单科教材，如广东丁有宽老师编写的语文教材。各出版社编写的教材都需要通过审查审定才能出版。那几年，每年都要召开教材审查审定会议，审查各地送来的教材。每年审查中小学教材时，我都参加小学语文组。审查委员都是德高望重、有丰富教学经验的小学语文教师、专家，如斯霞、霍懋征、袁瑢和华东师范大学、华中师范大学小学语文教材专家。斯霞老师是南京师范大学附属小学的语文老师，1963 年她提出老师要像母亲一样爱护学生，所谓母爱教育。霍懋征老师也一直提倡爱的教育，提出"没有爱就没

1990 年小学语文审查委员合影
（前排左起为斯霞、霍懋征、袁瑢、作者）

有教育"。她们在小学语文教育界都有很高的威望。审查教材时，她们一丝不苟，不放过一点点细节，包括图片中的小毛病都会挑出来，认为育人的问题是不能马虎的。我向她们学到了很多语文知识和她们严谨治学、认真仔细的精神。后来我也一直关心小学语文教学。小学语文的任务是什么？一直存在着工具性和文化性之争。我认为二者是结合在一起的，是互相依存的关系。语言文字本来就是传承文化、交流的工具，只有首先把语文的工具性掌握好，才能接受语文中传达的中华优秀文化内涵。小学语文是基础的基础，一定要学好，才能去掌握其他知识。我们曾经设想，一、二年级先把语文学好，到三年级再开始学数学。一方面先打好语文基础，另一方面数学比较抽象，到三年级学生对许多数学概念也就容易懂了。当然这是一种设想，但不妨也可以试验。

原载于《中国教师》2021 年第 5 期

接待外国访问者

　　1978年，北京市决定开放几所学校接待外国访问团，北师大作为开放学校的一个试点。当时我任北师大党委常委兼文科处处长，党委认为我出过国，就让我负责接待，当时学校还没有设外事处，具体工作由校长办公室负责。从此我就一直负责学校的外事工作，直到1991年从副校长岗位上退下来。

　　我们接待最早的代表团之一，是1979年日本广岛大学大学教育研究中心的代表团，由该中心长丸山益辉率领，一行七人，团中最年轻的就是后来在我校进修的大塚丰。我向他们介绍了北师大的历史和发展，参观了图书馆、幼儿园。当时我校设备条件很简陋，没有什么可供参观，最出彩的地方就是幼儿园。那里孩子们欢迎来宾，又唱又跳，表演节目。随后，由校长办公室主任陈忠文和干部李双利陪同代表团参观了北京市的其他学校和名胜古迹。代表团在北京访问结束以后就到南京访问。谁知道，到了南京出了大事，团长丸山益辉在南京大学参观时忽然卒中去世。陈忠文赶到南京去处理这件事。广岛大学派了马越彻来共同处理后事。由于处理得当，广岛大学大学教育研究中心与我校结成了很好的友谊。后来他们派大塚丰两次来我校进修，我校派李守福去学习。1980年夏天，我和苏真、中央教科所的金世柏去日本参加世界比较教育学会联合会第四届大会期间，专门访问了广岛大学大学教育研究中心，并到丸山益辉家里祭奠和慰问他的夫人。

1982年，广岛大学大学教育研究中心派大塚丰来我校进修一年。但是当时学校还没有留学生，更没有留学生宿舍，住在哪里是个问题。刚巧，校医院后面一幢教工宿舍（现丽泽3楼）盖起来不久，学校留了最东面一个单元没有分配，我就在那里借了一套房供大塚丰住宿。每周我给他讲中国高等教育学课程，陪他访问我校王焕勋、陈景磐等老教师，介绍他到华东师范大学、东北师范大学等校访问。外国教育研究所的苏真老师负责陪同接待。大塚丰已有较好的汉语基础，能够读书交流。他学习很刻苦，研究非常深入细致。他专门研究中国近现代高等教育的发展。有一次他问我，新中国成立前有 21 所教会学校，为什么 1952 年接收教会学校的时候只有 20 所。我一时回答不出来。我带他去访问陈景磐先生，他就问陈先生。陈先生立刻回答，因为辅仁大学已于 1951 年与北师大合并，所以 1952 年接收教会学校时只有 20 所了。

　　1986 年 3 月至 12 月，大塚丰再一次来我校外国教育研究所进修，这次是带夫人、孩子一起来的。但我校专家楼尚未竣工，只好借住在北京大学勺园。这次我主要根据他的计

1984 年访问中央教科所（自左至右为作者、金世柏、大塚丰、苏真）

划帮他联系各地教育部门的访问。大塚丰多次来华进修、访问、调查，成了中国教育通。回国后在日本广岛大学、日本国立教育研究所等单位工作过，曾担任日本比较教育学会会长。前几年已从国立大学退休，现在私立福山大学任职。

我在80年代任职期间接待过许多外国访问团。有一次接待委内瑞拉智力开发部部长，他非常重视智力开发。他说："中国真了不起，有十多亿人口，只要有1/3的人口智力得到开发，国家就强大起来。"他说，委内瑞拉每年都举办智力发展研修班。最后，他邀请我校沈适菡和北京师范学院心理学林传鼎教授于翌年去委内瑞拉智力发展研修班访问学习了一个月。

到我校来访问的外宾一般都非常友好。但有时也会遇到一些尴尬的事。有一次，接待南斯拉夫教育代表团。因为南斯拉夫语言属于斯拉夫语系，我就陪他们到外语系去听俄语课。南斯拉夫本来对斯大林很反感，但这堂课的老师偏偏讲斯大林，弄得我很尴尬。只好解释说，老师给学生介绍苏联的历史背景。

负责外事工作，使我认识了许多国家的朋友，增长了许多见识，有助于我对比较教育专业的研究。

我在接待外宾介绍北师大历史时总觉得少一个标志性

东西。我校除了毛主席题写的校徽外，没有 LOGO（标志）。鲁迅给北大设计的校徽现在成了北大的 LOGO。我觉得北师大也应该有一个 LOGO。我想起了老师大那口钟，成语"木铎金声"有催人奋进的意思。于是我就设计了

北师大的 LOGO

一个草样，教务处的文永涛拿去作了艺术加工，就成了当初的样子。当时做了一批，送给来访的外宾和客人。后来不知道谁又加了一些纹饰，就成了现在的样子，而且还有不同的版本。我认为 LOGO 作为一个机构的标志，不能因为好看，就经常添枝加叶。

原载于《中国教师》2021 年第 6 期

中国第一位比较教育学博士和
第一位外籍教育学博士

　　1979 年 1 月，北师大外国教育研究所（以下简称"外教所"）正式成立。当年夏天我们就招收了 5 名研究生。1980 年 2 月 12 日，第五届全国人民代表大会常务委员会第十三次会议通过了《中华人民共和国学位条例》。1981 年 7 月，第一次学科评议组会议通过批准了我校外教所比较教育学硕士授予权。于是我们招收的研究生就转为正式的硕士研究生，于 1982 年经论文答辩获得了我国第一批比较教育学的教育硕士学位。这就是李守福、李春生、王觉非等几位。1983 年 7 月，国务院学位委员会第二次学科评议组会议通过了我校外教所和杭州大学高等教育研究所比较教育学博士授予权，博士生导师是我和王承绪先生。当时对博士研究生导师遴选很严，而且一个学科只能有一位导师。当博士研究生导师，我心里实在没有底，因为自己也没有读过研究生。只好努力学习，认真准备。在外教所其他老师的鼓励支持下，到1985年才开始招收第一位博士研究生——王英杰。

王英杰是北京外国语大学葡萄牙语专业毕业，来到我所工作以后，又学习了英语。1980年至1982年，我们请美国哥伦比亚大学胡昌度教授推荐他到美国斯坦福大学教育学院做访问学者。进修两年后，他老老实实回国了。他当时已有很好的学术基础。攻读博士期间由毕淑芝负责哲学学位课程、符娟明负责比较高等教育学位课程、我负责教育学基本理论课程。学位课程考试时，还请了哲学系齐振海教授主持哲学课的考试。可以说是我和毕淑芝、符娟明三人共同指导王英杰完成了博士学位的学习。

1988年夏天进行博士学位论文答辩。当年博士学位论文答辩非常隆重。我们请了老一辈著名教育学家组成答辩委员会，他们是杭州大学王承绪，河北大学滕大春、刘文修，北京大学汪永铨，华东师范大学马继雄，北师大黄济，还有国家教委高教司司长刘一凡，阵容庞大而有权威性。答辩会议在原主楼外教所七楼会议室进行，听众挤满了一屋子。答辩会进行了整整一个上午，大家把它作为一次学术讨论，发表了许多评论和意见，最后王英杰通过答辩。经学校学位审定委员会批准，王英杰成为我国第一位比较教育学博士。他的论文题目是"美国高等教育的发展与改革"，答辩后这篇论文参照答辩委员的意见经过修改于1993年由人民教育出版社正式出版。

外教所比较教育专业八五级博士学位论文答辩会（左起分别为黄济、刘一凡、刘文修、王承绪、王英杰、顾明远、滕大春、符娟明、马继雄、汪永铨）

20 世纪 90 年代初，韩国教育开发院一名研究人员具滋亿来我校进修。那时我校新松公寓尚未盖起来，在教育管理学院南面、现新松公寓的地址上有一座辅仁大学校友会盖的两层小楼。具滋亿在那里住了一年多，后来搬到专家楼。开始时一面学习汉语，一面由我给他讲述中国教育简史和中国现行教育制度。

具滋亿与作者

　　1993 年我接收他为正式博士研究生。他攻读非常刻苦，已有很好的中文基础，能够阅读写作，汉语能够交流；对中国近代史和朝鲜近代史很有兴趣。博士论文选择的题目是"梁启超和朴英植的教育思想比较研究"，他阅读了梁启超的《饮冰室合集》，对梁启超的思想有了较为深入的理解，论文得到答辩委员会的认可并通过，经学校学位评定委员会批准，1997 年获得教育学博士学位。据说具滋亿还是我国第一位获得中国文科类博士学位的外国人。论文经修改后在韩国和中国相继出版。具滋亿回国后在韩国教育开发院工作，经常来华进行学术交流。随后又有韩国李春根、朴泳珍、宋吉缮，日本大滨庆子、铃本正彦等相继取得学位。

原载于《中国教师》2021 年第 7 期

北师大几个培训中心

　　1978年恢复高考，学校逐渐恢复正常秩序。学校怎么办？怎样按教育规律办学？大家还不太清楚。为此，中国教育学会和北京市高等教育局在1980年6月给北京市高等学校干部组织了一场"教育科学讲座"。任务就交给北师大教育系。我去作了"现代生产和现代教育"报告，黄济去讲了"教育的本质"。

　　1980年，教育部在我校建立高等学校干部培训中心，党委书记聂菊荪任主任。第一、二届，干部学习时间长达一年、半年。北京市的不少干部都在这学习过，如耿学超等。我在班上讲比较教育课程。1984年聂菊荪离休后，由我兼任主任，冒海天任副主任兼书记。后来各高校恢复秩序，干部都已到位，高等教育干部培训任务逐渐消退。但是地方上的大量基础教育干部却需要培训上岗。教育部就决定将高等学校干部培训中心改为教育干部培训中心，在部属师范大学各设一所，我校为华北教育干部培训中心，并盖起了培训大楼，仍由我和冒海天负责。

我们请了教育部司局领导和中央教育科学研究所的专家做兼职教师。中心主要为各地教育干部举办培训班，时间为一个月、半年不等，讲授教育理论和教育管理知识。中心曾办了一期地方教育局局长高级研讨班，为时一个月，记得时任北京市教育局局长陶西平、上海市教育局局长袁

八五级教材教法助教进修班（前排左三为闫金锋，左四为喀庆林，左五为作者）

采也参加了。

过去，我国没有教育管理这门学科，教育管理主要是凭经验。我认为教育管理是一门科学，国外早已有了这门学科，我国也需要建立起来。于是 1985 年我建议在华北教育干部培训中心的基础上建立教育管理学院，开展教育管理学研究。经教育部批准成立，我兼任院长，直至 2004 年卸任。冒海天、陈忠文先后任副院长，马燮如、邸明杰先后任书记。

80 年代后期，国家教委一位副主任对我说，教委的年轻干部晚上没有什么事，最好组织他们学习。于是 1993 年我就在教育管理学院组织了一个研究生学位课程进修班。京津冀约 200 位干部利用节假日参加学习。我专门为他们编了一本《比较高等教育》小册子，并系统地给他们介绍了几个发达国家的高等教育。同年，我们又为北京十一学校办起了国内第一个为中小学教师举办的研究生学位课程进修班，以后学位课程进修班就在全国办起来了。

《比较高等教育》

20 世纪八九十年代，研究生的规模很小，许多高等学校基础课教师没有研究生学位，亟须解决他们的进修提高问题。当时几所著名大学都设立助教进修班。1984 年，我曾担任我校物理助教进修班的比较教育课程教师。为此，1985年，武汉大学校长刘道玉来我校商谈建立高等学校师资培训中心。我们联合向教育部申请。后经教育部批准成立两个高等学校师资培训中心：在北师大设北京中心，主要负责高等师范院校教师培训；在武汉大学设武汉中心，主要负责普通高校教师培训。我校中心主任由纵瑞堂副校长兼任，汪德昭、徐金明先后任副主任。纵瑞堂离休后由我负责。后来教育部又在其他 5 所部属师范大学和各省师大成立师资培训中心，以我校师资培训中心为中央中心，形成了全国三级高等师范院校教师师资培训体系。师资培训中心除举办助教进修班外，还接收进修生和访问学者。后来学位研究生逐渐增加，高校教师的培训任务也就消退了。21 世纪初，我校教育学部成立以后，师资培训中心就改为教师培训学院、继续教育学院，已不只是培训高校教师师资，主要培训基础教育师资了。我在中心创办了《高等师范教育研究》杂志，与华东师范大学师资培训中心联合编辑，我任主编。这是现在《教师教育研究》杂志的前身。

　　1988 年 4 月至 1992 年，学校承担国家与加拿大的合作项目，我校与加拿大圣玛丽大学联合建立中加语言中心。主要是提升中央各部委年青干部的英语、法语能力。凡选派到加拿大的人员，先在我校中加中心学习语言。我校在教 2 楼辟了一层楼作为中心用房，由外语系承办，中方中心主任是易代钊，加方主任是圣玛丽大学玛德玲教授。该中心为改革开放后培养了一批出国的商务人才。

　　原载于《中国教师》2021 年第 8 期

中青年理论工作者学会的成立

20世纪80年代，中国教育学会每年召开年会，在会上发言的大多是老一辈的教育学者，中青年理论工作者没有机会发言。有一次年会，几位中青年自己组织起来在晚上开小会。为了正确引导，张承先会长就让我负责组织中青年教育理论工作者的会议。于是1990年，在四川教育出版社伍尧社长的支持下，在成都召开了第一次中青年教育理论工作者会议。为了把会议开好，我邀请了10位老教育工作者参加会议，其中有刘佛年、吕型伟、潘懋元、江山野、王逢贤、鲁洁、胡德海、潘仲茗等，中青年骨干有张诗亚、丁钢、冯增俊、伍柳亭、纪大海、程方平、项贤明、吴忠魁等，正是少长咸集，共同讨论教育热点问题。那次会议开得非常成功。

会后我们几个老学者想去看熊猫，就到卧龙，住在四姑

全国中青年教育理论工作者学术研讨会合影

娘山下一个招待所里，在一座小水电站的旁边。四姑娘山风景优美，山顶是皑皑白雪，我们只是在山脚下爬了几个坡。水电站下面是一条河道，不知道叫什么河，好像连着岷江，水流湍急。第二天本来要到熊猫保护站去参观，没有想到晚上下起大雨来，山体滑坡，道路被塌方的大石头阻堵。眼看要被堵在山里了，大家有点着急。丁钢一个人爬过去向四川教育出版社求援。四川教育出版社的年青司机技术高超，胆大心细，他先把空车开过去，我们再爬过去登上汽车，终于脱离了险境，到了卧龙熊猫保护站，近距离地看到了国宝熊猫，那次旅行很愉快，至今不忘。

从左到右依次为潘仲茗、顾明远、王逢贤、江山野、潘懋元、胡德海

　　第二次会议是 1991 年在云南教育出版社支持下在昆明召开；第三次会议是 1992 年在浙江教育出版社支持下在杭州召开；第四次会议于 1993 年在广州召开。那时开会要开好几天，会上激烈争论。记得在第四次广州会议上，围绕教育要不要市场化，争论得很激烈。当时广东出现了一所民办学校叫中国英豪学校，学生交储备金 30 万元，就不用每年

交学费了，学生毕业时储备金退还，认为这是教育市场化的一件新鲜事。因为当时银根很紧，年利息高达 10%、12%，学校用利息就可以维持正常运转。从这所学校开始，20 世纪 90 年代就出现了一批这种收储备金的学校。谁知道 21 世纪初银行降息，许多民办学校因还不起储备金，纷纷破产。这是后话。

《教育，中国未来之所在——中国教育学会中青年理论工作者研究会宣言》

参加中青年教育会议的中青年教育理论工作者越来越多，热情越来越高。我觉得成立中青年教育理论工作者研究会的时机已经成熟了，经中国教育学会通过并申报民政部批准，于1997年在河南焦作召开的第七次中青年教育理论工作者会议上，成立了中国教育学会中青年教育理论工作者研究会，选举史静寰为会长，张斌贤为秘书长。会上还发表了《教育，中国未来之所在——中国教育学会中青年理论工作者研究会宣言》。文件提出"中国的未来在于教育，教育的未来在于青年"，呼吁"有热情、有理想的中青年教育工作者，共同参与这一光荣的事业，为实现中国的教育现代化作出我们应有的贡献！"中青年教育理论工作者有了自己的组织，我后来就很少参加他们的活动了。

原载于《中国教师》2021年第10期

奥数的始作俑者

21世纪以来，奥数班在我国盛行，不仅中学生上奥数班，而且小学生也上。主要是因为上初中要测试奥数。奥数班练习的题目连数学系的博士生都做不出来。真是折磨孩子。2007年成都市青羊区发布了一个减负通知，为此开了一个座谈会，有老师、家长、学生参加，邀请我和四川师范大学的老师参加。我在座谈会上提出要取消奥数班。忽然一位小学生站起来说："顾爷爷，你说取消奥数班。但是不上奥数班，就考不上好的初中，考不上好的初中就考不上好的高中，考不上好的高中就考不上大学，以后就找不到好的工作，怎么养家糊口啊？"说得大家又可笑又可忧。这哪里是小孩子说的话，这都是家长说的话。许多家长为了孩子能够升到好学校，让孩子在他们应该玩的时候，去上奥数班，还有其他什么英语班、钢琴班、舞蹈班，等等。增加了学生的课业负担，不仅影响了学生的身体健康，还会埋没了孩子的其他兴趣爱好。

说起奥数班，我还是一个始作俑者。奥数起源于国际科学奥林匹克，这是提供给世界各国中学生的一种科学竞赛。第一届国际奥林匹克数学竞赛于1959年在罗马尼亚举行，以后陆续增加了国际物理奥林匹克、化学奥林匹克、生物奥林匹克，后来又增加了信息、天文、语言等奥林匹克竞赛。1988年，我国决定参加国际奥林匹克科学竞赛，国家教委要求北大、清华、北师大各选一个班进行集训。当时我正担任北师大副校长，我认为数学不需要仪器设备，比较简单，就决定选择奥林匹克数学班，把它设在师大附属实验中学。当时实验中学校长是王本中，他欣然答应了。于是从各省选拔了十几名数学十分优秀的学生，经过一年集训，在第二年参加国际数学奥林匹克竞赛，居然拿到了4块金牌，为国家争得了荣誉。回来以后这些学生就被北大、清华免试录取了。

由于奥数竞赛得奖能够免试入北大、清华，许多中学为了追求升学率，都办起了奥数班。后来许多重点中学，为了招收优等生，入学考试也要考奥数。校外培训机构看到了商机，也为小学生办起来奥数班来了，逐渐成了全民学奥数。这是始料不及的。首都师范大学原副校长、数学家梅向明，曾是20世纪80年代奥数班的组织者之一，退休后住在美国孩子那里，前几年回来，见到全民学奥数，也慨叹不已。对我说，实在没有想到变成这样的地步。他认为，全民学奥数对学生的发展并非是好事。

奥数本身并没有什么不好，但是奥数教育只适合有数学天赋，并且对数学有兴趣的孩子。让所有的孩子都学奥数，不仅增加了学生的学业负担，而且会影响他们其他特长、才能的发挥。有的孩子本来喜欢文学或艺术，强迫孩子学奥数，这对他是最大的不公。同时，奥数要做一些古古怪怪的题，反而会抑杀学奥数的学生对数学的兴趣。许多上过奥数班的学生，后来并不喜欢数学，所以人人学奥数增加了学生的负担，影响学生的全面发展。

近些年来，大家呼吁停止奥数班，许多地方也明令禁止，但由于各种利益集团的利益驱动，有令不止。改个名字，叫什么数学兴趣班等，名字改了，奥数的性质并没有改变。现在小升初不考试了，但有些名校的入学测试依然存在。我就遇到许多家长，特别是许多不赞成奥数的家长，开始逆潮流而动，不送孩子上奥数班，但当孩子升入小学高年级，将要升初中的时候，顶不住了，甚至于后悔没有让孩子早一点上奥数班。问题出在哪里？值得大家深思。

原载于《中国教师》2021 年第 11 期

中国女校之先锋
培育新女性之摇篮

北京师大女附中，对我来说是多么熟悉而亲切的名字。1958 年至 1962 年我在北京师大附中工作，我们两所学校堪称兄妹学校。北京师大附中是北京高等师范学校（简称"男高师"）的附属中学，北京师大女附中是北京女子高等师范学校（简称"女高师"）的附属中学。1931 年两所高师合并成北京师范大学，于是北京师大附中和北京师大女附中就成了北京师范大学的"金童玉女"。这对兄妹学校是我国最早的现代公立学校，他们在我国基础教育改革和发展中起着领头羊的作用。尤其是北京师大女附中，开我国女性教育之先河，培养了大批中国新女性。

中学时代对人的一生来说，是奠定世界观、人生观、价值观最重要的时期。钱学森在回忆影响他一生的两个时期时认为在北京师大附中六年学习的时间是最有价值的时期。我想许多北京师大女附中的校友也会有这种回忆。

两所学校都有百年历史，传承历史，以史为鉴，是学校文化建设的重要内容。罗治他们编写的《远去的女附中》，虽然不是一部校史，但它记录了新中国成立以后，"文革"以前，即更名为北京师大实验中学以前的一段人和事。这无论对于保留历史遗存，还是以史为鉴，对今后的学校发展都会有重要意义。

2015 年 8 月 27 日

破灭的办学梦

我一直认为,教育科学是一个实践科学,它要从教育实践中来,指导教育实践。因此,教育科学一定要进行教育实验,在实验中探索教育规律,发展教育科学。

1979年4月,中国教育学会成立大会暨第一次全国教育规划会议在北京举行。我给会长董纯才写了一封信,希望在北京能够搞一所实验学校,政府给予一定的特殊政策。董纯才会长非常重视,会后亲自驱车到北京市委找到当时的北京市教育部长刘祖春谈这件事。

当时中央教科所的吕敬先非常积极搞教育实验,已经在海淀区塔院前进小学搞了一些实验,自编了小学语文教材。吕敬先原来是我们北京师范大学教育系小学教育研究室的教师,她在东北解放区就当教师,是全国劳动模范,"文革"

后到中央教科所工作。她来找我，我们一拍即合。我们就一起去找"文革"前的北京市教育局长韩作黎。韩作黎当时还没有恢复工作，在景山公园一个小屋子里写作。我们找他谈教育实验的事情，他很赞成。我们想以前进小学为基础，进行全面的教育改革，包括学制、课程、内容和教学方法的改革，创办一所新的学校。

第二年，韩作黎恢复了工作，仍然担任北京市教育局长。我们再一次去找他。他虽然依旧支持我们搞教育实验，却设定了许多限制，不允许我们搞学制、课程改革的实验，只希望我们改进教育方法，提高教育质量，让我们和海淀区教育局商量。我们觉得提高教育质量是所有学校应该做到的，不符合我们教育实验的要求。同时又没有政策支持，实验无法进行，此事也就不了了之。

教育实验一直是教育工作者所企求。1958年至1988年北京师范大学实验小学进行了30年的小学五年制改革；1958年我们在师大附中搞过九年制、十年制、半工半读的改革试验；1960年中宣部成立北京景山学校，开展了十年一贯制的改革；1964年北师大教育系成立了农村教育研究室，在昌平搞了一个试验区。但由于没有正确的理论指导，特别缺乏政策的支持，这些试验都半途而废，大多没有成功。

北京师范大学实验小学的五年制改革应该说是非常成功的，但由于考试制度的干扰，不得不停止。20世纪80年代，我们进行了五四学制的改革，应该说也是很有成效的。由于新课程改革，虽然个别地区还在坚持，但大多数地区都停止了。

中华人民共和国成立以后，我国教育经过多次改革，取得了许多宝贵的经验。但还缺乏系统的科学实验，改革实验呈现碎片化，基层老师创造的经验，也缺乏系统的总结和理论的提升。通过教育实验，探索教育规律，仍然是教育理论工作者的梦想。

最近从字纸堆里找到我当年在一次全国教育科学规划会上的发言草稿（记不清是哪一次规划会，大约是1983年第二次规划会）《发展教育科学必须开展实验工作（提纲）》。现在觉得还有一定意义。摘录如下：

实现四个现代化，培养科学技术人才，教育是基础。要多快好省地发展教育事业，就要按教育的客观规律办教育。这就需要我们认真地研究教育的客观规律，运用客观规律。发展教育科学是当前刻不容缓的工作。但是，我们现在的教育科学处在一个什么水平呢？二十世纪五十年代初期，我们从当时的社会主义苏联引进了凯洛夫教育学。对于发展我国的教育科学是起过积极的作用的。凯洛夫教育学第一次用马列主义的观点阐述了许多教育问题，但是它有许多形而上学的东西，同时它毕竟是苏联的教育学，与我国的情况不完全相符合。二十多年来，我们总想搞出一套自己的教育理论体系来，但至今没有搞出来。我们现在的教育学还处在一种东拼西凑的水平上，还处在一种解释国家关于教育的方针政策的水平上。即使对马列主义毛泽东教育思想的研究，也往往受到一定时期的方针政策的限制，不能全面地准确地掌握马列主义毛泽东的教育思想实质。教育科学这样发展下去，只能越来越僵化，越来越枯燥。现在的教育理论水平已经引起了师范院校学生的不满。多数学生反映不愿意听教育学课。这不是因为那一位教师不努力，讲得不好，而是因为教育科学内容贫乏、枯燥，理论性不强。从教育行政部门来讲，由于缺乏教育科学的根据，制定教育政策就带有很大的盲目性，所以必须发展教育科学。要发展教育科学，就必须大力地开展实验工作。科学是靠实验发展起来的，教育科学既然是一门科学，也只有靠实验才能发展起来。因为只有经过实验才能发现客观规律，同时也只有经过反复实验才能证明所发现的客观规律，才能充分地认识它、运用它。因此不光是教育科学研究工作者要搞实验，学习教育科学的人也要搞实验，教育行政部门更要搞实验。通过实验，我们才能掌握数据，说明问题。例如，儿童早期教育的问题，早到什么时候？进行哪些内容？前不久，在长春发现了三个早期识字的儿童，二岁的儿童能识二千多个单字。这是早期教育的问题，它能不能推广到广大儿童中，要经过实验。如果能推广，以识多少字为适宜，除了识字，还可以进行哪些内容的教育，都需要反复的实验，取得这些儿童智力、体力发展的各种数据，才能找出它的客观规律来。又如，幼儿园与小学教育的衔接，如果幼儿园识了字，小学一年级怎么办？我校实验幼儿园让儿童识字五六百个，实验小学的老师就很发怵。因为儿童只会认字，不会写，也不会拼音，小学如何继续教下去，这也需要通过实验来解决。

国外是很重视教育实验工作的。例如，苏联从 1964 年 10 月开始由苏联科学院和苏联教育科学院共同组织了 500 多名著名的学者、大学教授、教学法专家和中小学教师，成立了关于确立学校教育新内容的联合委员会，它的使命是"使教育内容和性质符合现代科学、技术和文化的发展水平"。用了整整十年时间对中小学的教育内容进行了改革，并且对教师进行了培训。1974-1975 学年度，完成了采用新的教育大纲进行教学的工作。1976 年在苏联教育科学院的年会上，苏联教育科学院通讯院士、教学内容和方法研究所所长 M. 卡申做了总结报告，他们在试验的十年中共编了 103 种新教科书，其中 87 种被批准为标准教科书。经过试验，小学由原来的四年制改为三年制。苏联教育科学院院士赞可夫领导了一个叫"教学与发展"的实验室进行小学早期教育的试验。又如美国，自从 1958 年制定了《国防教育法》以后，他们也组织了大批科学家进行"新三艺"的试验。仅试验新数学课本，他们就由一些数学家、中学教师、教育家和大学教授成立了一个名叫"美国中学数学课程改革研究组"（SSMCIS），主任叫费尔，总部设在哥伦比亚大学师范学院。1974 年费尔写了一篇文章，说当时美国有 25000 名学生接受这套课本的试验。美国国家科学基金会用于改革科学教育课程的经费，在 1952 年到 1960 年八年期间花了 1350 万美元，而在 1966 年这一年就花了 1600 万美元，比前八年的总和还多。举这两个例子，可见外国对教育科学研究的重视。

我们是不是没有搞过实验？不是的，我们也搞过实验。例如，1958 年我们就在师大一附中搞过九年一贯制的试验，后来改为十年一贯制的试验，搞过半工半读的试验；1960 年开始在师大二附中搞过文理分科的试验；在我校实验小学从 1958 年建校开始就进行过五年一贯制的试验，集中识字的试验，小学开始学外语的试验，以后又搞了算术三算结合的试验。但是许多试验半途而废，没有总结出规律性的东西来。为什么试验不能坚持下去呢？原因很多，长期以来我国教育科研不发达，教育部门往往按经验办事。

如果教育行政部门不把教育理论作为一门科学，在制定政策时不把教育科学作为理论基础，他们就不会重视教育实验工作。而如果教育行政部门对实验工作没有一套计划，没有必要的措施，要靠几个学校来搞是行不通的。最大的问题就是升学考试的问题。现在全国各级各类学校都有重点学校。无论是学生还是家长都希望自己或自己的子女进入重点学校。但试验学校无论从内容上、方法上总与一般学校不一样，参加统一考试就会有困难。考不上重点学校，学生有意见，家长也有意见。例如，我校实验小学，从三年级开始上外语课，但这次五年级却准备停下来。因为小学毕业统考不考外语，别的学校用了大量时间复习算术语文，我校实验小学却花许多时间学外语，将来考不上重点中学，如何向家长交待。他们过去进行三算结合试验，从高位算起，这次统考，用高位算起的方法不能用，现在正在改回去，这就苦死了学生。据说，现在连教育部的重点学校进行试验时都留了一手，学生手里拿着两套教材，一套是试验教材，一套是通用教材。这样试验下去，不仅取不到科学的数据，而且白白浪费了时间。因此，我在这个会上强烈呼吁，教育部应该把教育科学的试验工作放到议事日程上来，采取必要的措施，组织教育工作者进行学制一条龙的试验，进行教学内容、教学方法以及学生身心发展的试验，把幼儿园、小学、中学甚至大学的试验统一起来，试验学校小学毕业生可以直接升中学，试验中学优秀的毕业生保送进高等学校，其他学生分别情况分配合适的工作，要让试验学校的毕业生有上学和就业的保证，不要把他们纳入到统一考试之中。也就是说教育部应该对试验学校采取一些保护措施，才能让试验坚持下去。否则是坚持不下去的，我们是得过教训的，深有体会的。当然，试验的内容可以多种多样，可以是新学制新教材的试验，也可以只是方法的试验，如在使用通用教材的情况下如何提高教育质量的问题，如果单纯是方法的试验，当然可以参加统一考试。但也要区别对待，如三算结合的方法问题。总之，教育实验工作，要由教育部门统一领导，统筹安排，长期坚持下去，就必定能够总结出我们自己的经验，取得科学的数据，发展教育科学。我们教育理论工作者，也要摆脱理论脱离实际的旧习气。摆脱东拼西凑的文抄公的学风，去到实际中去，大搞科学实验，提高我们的理论水平。

进行教育科学实验要以马列主义毛泽东思想为指导，也就是说要用马列主义的立场、观点和方法来指导我们的实验工作。坚持"实践是检验真理的唯一标准"这一马列主义毛泽东思想的基本原理，通过科学实验来检验我们的教育理论，发展我们的教育理论。

要发展教育科学还要注意开辟一些新的领域的研究。过去我们研究的范围太窄，只是围绕了一本教育学，局面打不开，理论上没有突破。我认为，编写教育学的工作先不忙于着手，可以先搞出一本讲义来，为师范院校学生使用。而把我们的绝大部分精力放到科学实验上和开辟学科领域特别是新的学科的研究上，如教育哲学、教育经济学、教育工程学、教育统计学、学校管理学、教育社会学以及一些专门教育的研究。过去教育学只研究中小学，特别是小学，对其他种类的学校很少研究。以后要加强专门教育的研究，如学前教育、小学教育、师范教育、技术教育、高等教育、特殊儿童教育（包括盲聋哑、低能儿童教育）等。只有开展这些方面的研究，教育理论的内容才能充实起来，也才能使教育理论在教育实际工作中起更大的作用。

以上的意见，不一定正确，请大家批评指正。

以上是20世纪80年代我的观点。改革开放40多年来，我国教育科学有了很大的发展，各种教育改革实验也蓬勃发展起来，但我觉得，对实验的总结还不够。例如，为什么我国义务教育的普及会在这么短时间内完成？为什么我国高等教育能够得到跨越式发展？国外的学者都感到惊奇，我们还没有系统总结。另外，我一直认为，我国的学制需要改革。新中国的学校制度是1951年制定的，至今已有70多年的历史，已经不适应今天我国社会主义建设的现状和教育发展战略。当今时代已经进入了信息化和数字化时代，教育要实现现代化，要基本形成学习型社会，进入人力资源强国的行列。新的学制应该反映终身教育的新理念。教育实验要以学校为基础，要创办几所实验学校，进行系统的改革实验，取得第一手的资料，加以总结，探索教育的规律。可惜这样的学校尚未出现。

2021 年 3 月 18 日

原载于《中国教师》2022 年第 5 期

教育家书院十年有感

　　十年前，北京师范大学教育学部周作宇部长对我说，要成立教育家书院，并聘任我为院长。当时我很犹豫，以为学部要搞什么创收活动，创收的事我干不了。但是周作宇部长对我说，不是创收，而是要发挥北师大学科齐全的优势，为我国基础教育改革与发展服务，培养一批高质量专业化的教师，为教育家的成长搭建一个平台。他说，聘任了专攻课程教学论的郭华教授为执行副院长，具体负责，并拨了80万元为启动经费。听了他的解释，我才答应了下来。

　　当年"教育家办学"的呼声很高，但怎样才是教育家？怎么才能成为教育家？大家并不明晰。我们想建立这样一个平台，试着做这样的工作，帮助优秀教师进一步成长发展。对于郭华教授，当时我还不是太认识，据说她很能干，也很爽快、热情，我们就合作起来。我们共同讨论了教育家书院办院的宗旨，一致认为，不搞一般的教师培训班，教育家书院应该继承中国书院的传统，以读书讲学为主，扩大视野，提升文化修养，提高专业水平；书院只招聘少数已有一定专业水平，并有志于进一步发展的有理想、有想法的优秀教师，作为书院的兼职研究员，和北师大的教授一起共同学习研究。

本着上述宗旨，十年来，教育家书院共招聘六期62名优秀教师作为兼职研究员。他们经过三年的研学，都有所进步和发展。据2020年统计，62位兼职研究员中已有正高职（教授级）18人，在试行特级校长制的北京和成都共有9位特级校长，共出版专著13部。其中《差异？差距？中国校长美国考察笔记》是这套书的第一本，出版当年入选《中国教育报》2012年度"教师喜爱的100本书"。当然，这主要在于他们自己的努力，但不能不说书院助了他们一臂之力。正如胡昕、许颖、马新功几位正高职老师来信说，许多成绩都是进入教育家书院以后获得的。我们为此感到十分欣慰，感到基本上完成了当年周作宇部长交给我们的任务。

依托教育家书院形成的"中小幼名优教师学习与发展双向互助合作模式"，为名优教师成长为教育家提供了支持，为大学与中小学双向互助合作提供了可借鉴的理念、思路和具体途径。这个模式获得了国内教育界的普遍认可，获得了2017年北京市基础教育教学成果特等奖、2018年基础教育国家级教学成果一等奖。

这个模式比较好地体现了我们的理念、依靠的力量以及工作的路径，我们称之为"一个理念、三方力量、六条路径"。"一个理念"，就是为教育家成长创造条件，为中国基础教育的改造与发展贡献一点力量。"三方力量"，即来自中小学的名优教师（书院的兼职研究员）、大学的研究者（合作研究员）、参与书院研究与发展的专家学者（学术委员会、客座教授），这三方力量形成相互合作共同成长的研究和实践共同体，你中有我、我中有你、相互尊重、相互欣赏。来自中小学的名优教师既是学习者，也是参与研究、参与大学人才培养的研究者，同时也是扎根中小学一线教育教学工作的实践者，这便形成了我们称为"三位一体"的多角色研修活动。"六条路径"是指教育家书院为中小幼名师成长提供的六类活动、六类课程。这六类活动充分依靠上述三方力量，在活动中形成共同体。"高端学术讲座""案例剖析与改进""共同体式课题研修""名师名校长讲席""大学人才培养合作""讲会营"等，理论与实践相结合，将理论学习视野扩展、实践经验提炼提升、自觉的教育实践改进作为名优教师发展的重要活动，使他们在自觉的实践中获得成长、在成长中自觉地改进实践，真正成长为能够为我国基础教育发展贡献智慧与力量的教育家。

十年来，我也有几点感想。

62位兼职研究员都是已有一定水平的优秀教师，其中多位已是特级教师，但是他们都觉得不知道怎么再提高一步，渴望学习。他们都是自愿报名，经过专家评审后才入驻书院的。三年时间，除个别校长因公务繁忙未能坚持外，绝大多数兼职研究员都积极参加书院的活动。他们本人都有繁重的学校管理和教学工作，但他们珍惜书院的学习机会，都能挤出时间利用寒暑假、双休日到书院来听讲学习，他们的认真使人感动。有一次他们邀请我与他们对话，整整讨论了两天。我们谈到了当前教育的热点和难点问题，他们给我出了许多难题，使我进一步思考。我觉得有很多收获。这次对话就出了一本书，叫《留一块黑板——与顾明远先生对话现代学校发展》。这本书入选《中国教育报》2013年度"教师喜爱的100本书"之TOP10，影响广泛。

书院的活动多种多样，丰富多彩，理论与实际相结合。书院除了请教育界专家来讲述教育科学的前沿理论外，还请跨界的专家来讲课，以扩大视野。而主要活动是结合兼职研究员本身的工作展开，旨在提高兼职研究员的专业水平和教书育人的能力，特别聚焦于课堂教学质量的提升。书院每年都组织兼职研究员到他们其中一所学校开展教育诊断，讨论教学中存在的问题，提高对问题的认识和找到解决的办法。每年还组织讲会营，由兼职研究员上公开课，公开自己的研究成果，大家评论、讨论，提出意见和建议。讲会营有全国各地的教师参加，起到了一定的辐射、示范作用。我每次参加都觉得很有收获，基层教师的经验为教育理论发展提供了实践的基础。

十年来，书院的兼职研究员已经形成了一个共同学习群体，他们互通信息，互相交流，共同活动，已经成为教育界的一支"乌兰牧骑"。郭华就是这个群体的班长，带领这个群体活跃在教育界。他们组织各种论坛，到边远贫困地区去讲学扶贫，在传播先进教育理念、改进课堂教学、提高教育质量方面发挥了重要作用。

教育家书院十年来取得的成绩，靠的是大家对教育的情怀，对同志的真诚。书院的工作主要是郭华教授主持组织的，我只参加了有限的活动。郭华对工作满腔热忱，充满激情，深入基层，真诚待人，和老师打成一片，和他们结下了深厚的友谊。许多兼职研究员都不愿意结业离开，结业后仍然愿意在郭华的带领下参加各种教育活动。教育家书院可以说是大学教师与基层教师结合共同发展的典范。

教育家书院十年已经告一段落，学部已经对书院进行了改组。我觉得肩上的担子终于卸下了，惟祝愿新的教育家书院取得更大的成绩。

原载于《教育家》2020 年第 33 期

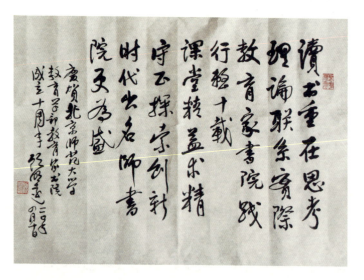

为教育家书院题词

第二章

童年的记忆

千里学子忆故乡
童年的见闻
童年的玩耍
学习在江阴，教我如何不想她！

《澄鉴颂》

千里学子忆故乡

一、回忆金童桥

美丽而现代化的校园，活泼而热情的笑脸，一群孩子向我扑来："顾爷爷，你回来了！"啊！一下子把我带回到将近 80 年前的童年时代。这是金童桥小学吗？我读书的时候却只是一个小院子，两间破屋，两个复式班，一、二年级一个班，三、四年级一个班。79 年前我就在这里三年级班上读书。看到今天孩子们学习、生活的美丽的校园、舒畅的环境，看到孩子们生气勃勃，感到无比羡慕，也感到无比欣慰。

时光荏苒，一晃七十多年过去了。回顾当初，1937 年日军发动全面侵华战争，江阴城沦陷，我们被迫辗转江阴常熟乡间，1938 年最终来到了金童桥，我就在金童桥小学读书。

那是一段苦难的日子。日本侵略军常常要下乡来清乡。我们只好停课到别的村子躲起来，把带有抗日内容的课本塞到房屋基石的小洞里。日本侵略军的铁蹄声、吆喝声至今难忘，有时还会梦中惊醒。

日子虽然难过，儿童总会找到一些乐处。我们虽然在金童桥只住了三年，但在我童年生活中却留下了深刻的印象。金童桥是江阴城东的一个小镇，一条大河贯穿其中，把镇分为南北两部分，河上有两座桥，闹市主要在河北。太平桥是最主要的一座桥，桥的东北面紧挨着一个码头，是来往客船人与货上下的地方，也是日常百姓淘米、洗菜和刷马桶的地方。这条河带给我童年无限的乐趣。学习之暇，依立桥头，看着来往船只经过石桥时，船老头吆喝着把准船头，对准航线，顺利穿过石桥。河上常常有一种"快船"，船身狭而长，有点像绍兴的乌篷船，但比它还要狭长，是水上交通船，主要运客，来往于城东和周庄、华墅（今华士镇）等镇之间。快船由一位船夫坐在船头，双脚蹬桨，航行飞快，从金童桥到周庄也就个把小时。

河上还常常有渔船，往往在夕阳西下的时候，渔夫载着鸬鹚来到河上。渔夫先把鸬鹚的脖子用绳不紧不松地套上，让它捕到鱼不至于吞到肚里。然后用一根细竹竿吆喝着，指挥鸬鹚。只见鸬鹚钻入水中，一会儿叼着一条大鱼跳到船头。渔夫取下大鱼，喂给它一些小鱼或豆腐。这样捕鱼，让我们看得出神。

夏天，到傍晚时分，总有一批年青人和小孩从桥上跳下去，在河里嬉水。我是家里的独生子，母亲严禁我下河，所以直到"文革""靠边站"时才学起游泳来，虽然也能游上百十来米，但始终不敢到深水区去。这是后话。当时确是十分羡慕那些嬉水的孩子的。

河水是我们的饮用水，虽然洗衣、刷马桶都在这条河上，但河水是活的，日夜流淌，永不停止。我们请挑夫挑水倒在大水缸里，加入明矾搅拌，把杂物沉积下去并且起到一定的消毒作用。当然，夏天如果上游发生传染病，下游饮水就很危险了。我们住了多年，倒也平安无事。河啊！真是金童桥的母亲河。可惜现在只是停留在记忆中了。

桥的东面就是金童桥的大户金宅，连体两座，西面一座已不完整，只剩下最后一进。我家就租住在这进房子的西屋前后房两间。中间一进已是废墟，最前面的门面房是一家米店，好像与金家没有什么关系。金家东宅是一座完整的三进房。进门过堂，然后是天井，第一进大厅很大，不住人，两边东西房住人。我记得金懋鼎家就住在第一进的东屋。我的老师，金童桥小学的校长金院达则住在最后一进东屋。金宅大厅平时不用，只在夏天用于义诊，当时当地名医在这里坐堂，为贫苦百姓义务看病。

金童桥一带盛产棉布，许多家庭都有织布机，织出来的布匹质量很高，有斜纹哔叽等品种，产品远销无锡、上海等地。特别是棉哔叽，其质量有如毛哔叽，穿在身上厚实挺拔。有一年春节，母亲用这种棉哔叽为我做了一件棉袍，我穿在身上，感到自己神气十分。

金童桥啊，你带给我多少欢乐的童年回忆！

二、忆我们的母校南菁中学

前些年，我们1948年毕业的同班老同学每年都会聚会。欢聚一堂，总要回忆起在南菁中学的往事。大家提出一个问题，为什么当时还是一个偏僻小城的中学出了那么多人才？就拿我们班来说，几十位同学都成了各条战线的骨干，在北京工作的就有15位同学。当然，这与我们毕业于解放前夕有关，解放初期需要人才，使我们有机会施展才能，但是这也与母校的培养分不开。

南菁中学是我国最早的现代学校之一。前身是南菁书院，新学制建立后，即改为南菁中学。一百多年来培养了众多人才。但是说实在的，我们读初高中的六年却是南菁中学最遭难的时期。初中三年是在日本侵略军的铁蹄下度过的，高中三年则是在战后国民党统治时期。我们初进学校的时候，校舍破旧不堪，仅有的一座教学大楼被日军炸成了断壁残垣，只剩了几间平房。1945 年抗战胜利，国民政府接管，第一任校长李天民筹资盖了一座教学楼，名"重光楼"。虽然校舍有所改善，但设备依然缺，如物理、化学课都是在黑板上"做实验"。尽管如此，因为学校里有几位好教师，再加上南菁中学的传统，依然使我们在青少年时代没有虚度年华，受到了良好的教育。

记得初中一年级教算术课的章臣顺老师，常常用图解法讲解四则应用题。如讲两车对开，时速不同，在一定距离内何时相遇等此类问题，都用图画出来，就很容易听懂。另外一位教初三平面几何的胡静莲老师，她那时才二十多岁，患有肺结核，但给我们上课时却总是精神抖擞。讲几何要画图，她画图又快又好，极富艺术性。高中二年级、三年级的数学课是吴菊辰老师教的，他讲课极富逻辑性，而且讲话很快，前后衔接，一气呵成。教国文课的是李成蹊老师，他喜欢给我们讲《文心雕龙》，使我们除了课本中课文外，接受到古典文学、文学评论等知识。教历史、地理是李庚序老师一人，他那时很年轻，刚从浙江大学毕业。教历史像讲故事那样，很生动；讲地理都是自己在黑板上画图，画得很精确，使我们知道我国东北盛产大豆，山西富有燃煤，贵州富有铜矿。他有一次对我说，将来上大学，除了学习专业知识外，还要养成"gentleman（绅士）"精神，他指的是要养成高尚的、文雅的修养。还值得提到的是我们初中的音乐美术老师胡森林。他身兼两职，既教音乐又教美术。尽管当时学校只有一架风琴，但他的课上得有声有色，他给我们讲五线谱，介绍各国名典，使我们学到许多音乐知识，并得到美育的培养。他不仅课堂上教我们，而且课下还组织各种活动，成立了合唱团、口琴队。曹鹏就是当时口琴队队长，后来成了著名音乐家。我们在高中已经没有音乐、美术课，但他仍然组织我们进行课外活动。因此南菁中学培养出了多位著名的音乐家、艺术家不是偶然的。

我们总结在南菁中学的六年生活中还有一条，就是不死读书，而是开展各种活动，生活极为丰富多彩，没有现在这种高考的竞争压力。我们学数学，不仅学数学知识，还把它当作一门艺术。我们常常要比谁的练习本最整洁、最规范。

南菁中学校门

学立体几何时大家比谁画的图最漂亮、最准确。记得我当时弄到一本《芥子园画传》，于是大家就学起画来；班上有的同学喜欢书法，大家都练起字来。在初中时我们就成立了足球队，办墙报；到了高中我们成立了文艺社，办起了杂志，关心国是，议论时局，宣传民主。种种活动锻炼了我们，使我们能够得到比较全面的发展。南菁中学的这种传统是非常符合我们今天提倡的培养学生创新精神和实践能力的素质教育精神的。

新中国成立 70 多年来，南菁中学无论在办学条件上、教师水平上都有很大提高，出现了人才辈出的可喜局面。现在是学校发展最好的时期。我祝愿母校继承过去优秀传统，并与时俱进，不断创新，为国家培养更多的人才。

三、北京学子祝愿家乡繁荣，母校昌盛

前几年春节期间，北京 18 位南菁校友欢聚一堂，共庆佳节。这十几位校友中年长的有 20 世纪 40 年代毕业生，年少的有 21 世纪毕业学友，可以说三代同堂，祝愿家乡繁荣，母校昌盛。

大家在谈论中都为家乡近几年来取得经济发展的辉煌成绩感到自豪。这是江阴人抓住机遇，勇于创新，努力拼搏的成果。大家祝愿家乡经济更加繁荣。

同时，大家感到为了江阴的持续发展，需要更加重视教育。有些校友感到，近些年来江阴一些青年人，安于现状，缺乏到外面出来闯天下的干劲，与温州人的闯劲相差甚远。江阴原是一个小城市，就是靠开放，靠在外面闯天下的江阴人的支持，靠创新才有今天。如果青年人只愿意守在舒适的家乡，缺乏老一辈的闯劲，缺乏外面各方的支持，优势就会丧失。江阴应该教育青年人继承老一辈江阴人的优秀传统，

为祖国各条战线提供人才。这些人才在全国各地工作，更能为家乡的开放和繁荣提供机遇和支持。

校友们都希望母校在教育教学上勇于改革，敢于创新，摆脱应试教育的模式，真正提高学生的综合素质。校友们都怀念过去南菁老师的敬业精神，他们热爱学生，关心学生，帮助学生。有一位校友还铭记班主任给他100元钱帮助他解决困难，那是20世纪80年代初的100元钱啊，多么不容易。因此希望现在南菁的老师们能够发扬南菁精神，敬业爱生，严谨笃学，开展各种活动，培养学生的各种能力。

2017年5月28日于北京

童年的见闻

　　抗日战争之前，我家是一个小康家庭，原住在江阴靠东城的东横街上。祖父在常熟县的一个茶庄当伙计，父亲在外地中学教书，我六岁开始在辅延小学读书。日本侵略军把江阴城炸了，我们只好逃难到乡下。辗转一年，就定居到江阴城外的金童桥，在那里住了三年，童年时期就是在那里度过的。金童桥虽然是一个小镇，但工业农业都有，我在那儿增长了不少见识，城里的孩子是难以见到的。

　　我家门口有一条大河，可能是从阳澄湖那边过来一直通到长江。河上一座石桥，名太平桥，刚巧也在我家门口。河上船只来来往往很热闹，主要是运输货物。河上有一种载人的交通船，叫"快船"。船身狭而长，船工坐在船头背着用双脚划桨，航行得快，从华墅镇到我们那里大约20公里，步行需走 4 小时，快船一个多小时就可到达了。河上常常有渔船，往往在夕阳西下的时候，渔夫带着鸬鹚来到河上。渔夫先把鸬鹚的脖子用绳子不紧不松地套上，让它捕到鱼后不会吞到肚子里，然后用一根竹竿把鸬鹚赶下水，等它捕到鱼，就用竹竿把它招回来，取出它嘴中的鱼，喂它一些小鱼或豆腐以资鼓励。我们站在桥上看着特别有趣。

我家门口是一爿米行。我们现在是用公斤作计量，那时是用石（dàn）、斗（dǒu）、升来计量。一石是 120 斤，一石 10 斗、一斗 10 升。客人来买米，不是用秤来称，而是用木斗（筒）来装，一木斗就是一斗。

家门边是一爿铁铺。我常常在铺门口看他们打铁。他们主要是打锄头、镰刀等农具。一名工人拿着钳子钳着铁块在炉子里烧，烧好了与对面一名工人在铁砧上用锤一上一下地锤打。拿钳的工人一手拿钳，一手拿一把小榔头，对面的工人则要拿大榔头。打一会儿，就把铁往水里淬，"刺"的一声，水里冒出烟来，然后再放到火里烧。这样来来回回要数十次、数百次才能打成一件工具。小时候不懂得为什么要把火热的铁往水里淬，后来才知道，淬火是为了使钢铁更坚硬。可见坚硬的东西必须要经过锤炼和淬火，人的意志品质也需要经过火与水一般的锤炼。

我家一个远房亲戚是个小小企业家，兄弟几个在镇西头分别办了小小炼油厂、面粉厂、酿酒厂。我经常到那里看他们榨油、酿酒。特别是炼油厂，从大豆（我们那里叫黄豆）在河上运来，到炼出油来全过程都见到了。他们家门口是一片晒麦场，场前面有一个河码头。运大豆的船来了，工人把它搬运上岸，每扛一袋得一竹筹，以筹计酬。大豆经过机器压扁，然后用木筒蒸。蒸到一定程度（我不知道是否要蒸熟，好像不是），就要趁热把它倒到铺有蒲草的竹编模子里，工人则用双脚把蒲草盖起来踩实。这道工序是最苦最累的活。屋子温度高达 40 摄氏度以上。工人都光着身子，光脚踩在火烫的蒲草上，其劳动强度可想而知。踩成豆饼以后就放在木制的榨油机上，工人要举着几十斤重的大木锤把巨大的木楔打进去，把油挤出来。挤干油的豆饼是喂猪的好饲料。整个过程除用小型机器把大豆压扁外，全部都是强力的人工劳动。那时就是这样的劳动人民创造了人民生活财富。

酿酒厂与炼油厂不同，环境好多了，但也都是人工劳动，淘米、蒸米、拌酒曲、装缸发酵、榨酒等，劳动强度也是很大的。特别是发酵阶段，工人要时时关心温度，这是制酒关键。温度过高，容易发酸；温度太低，发酵不充分。掌握温度，全凭工人的经验。榨酒也是用一台木制机器。我们那里主要酿黄酒，但当初榨出来的酒是白色的，怎么变成黄酒呢？原来是用麦芽糖炒糊了勾兑进去，酒就变成黄色了，也增加了一些甜味。后来到绍兴，才知道绍兴酒是用红曲制成，初酒就是黄色的。

镇上的人家几乎家家都会养蚕，我的母亲和姐姐也养过蚕，但数量不多，只养一二个竹匾，不是为了生产，好像大家都养，我们也养着玩儿。养蚕也有许多技术，养好不容易。我那时年龄小，只是帮助去采桑叶，看着蚕宝宝蜕变，最后放到用稻秆扎成的草架上，看它慢慢吐丝，最后结成蚕茧。

我们那里的农作物，一年二茬，一茬是冬小麦、一茬是水稻。冬天播种小麦，春节后农历二月二大家会去踏青，让麦子长得更坚实。立夏以后就要刈麦子了，在场上打麦子。紧接着耕地插秧。等到稻秧分蘖长壮实后，就要耘草。耘草的工具像一把大牙刷，上面有许多圆头的钉，用它在稻秧两边像刷牙似的来回刷，把杂草刷掉。这种耘具我在北方没有见过。当年下乡劳动耘草都是用手去耙，南方的耘具可省力多了。七八月是稻子灌浆的时候，需要大量的水。农村沿河都有水车。一般要三四个壮劳力车水。由于天气炎热，车水农民都光着身子，一面唱着山歌。见到路上有姑娘走过，他们就唱得更响亮，姑娘们掩着脸赶快跑过去。

我们那里有一种风俗，小孩子生下来，特别是男孩，都要找一家父母双全幸福的家庭作寄养儿子，这样才能长大。我的寄养父叫赵镜成，是江阴的名医。他在蒲鞋桥开一爿中药铺，我常常去玩。我的寄娘特别喜欢我，我一去就给我做好吃的。寄父医术高明，我五岁时发高烧，他来一看，说是白喉，赶紧请西医来打针，救了我一命。当时我刚能记事不久，但此事记得很清楚，至今不能忘怀。每年夏天，我们那里都设义诊，免费给病人看病。有一年，那还是抗战前，他就在我们家大厅里头设义诊，我看到他给一名腿上生疮的农民开刀。把脓包切开来，用带药的捻子捻进去，把脓吸出来，然后敷上膏药。可见他内外科都精通，我看了很佩服他。我高中毕业后离开了家乡，也就失去了联系，但心里一直怀念他。

在金童桥住了三年，见识到了城里人见识不到的许多事和人，使我了解到旧社会工人农民的苦难，看到他们的辛劳。我母亲常常教育我，米粒掉到地上要捡起来吃掉，不能浪费；破玻璃、破碗片掉在地上要捡起来，不要伤着农民的赤脚。这一切，对我一生起到了潜移默化的影响，使我不仅增长了很多知识，而且认识到我国劳动人民的勤劳朴实，体会到他们的苦难，时时想着他们用劳动养活了我们，我们永远要为工农服务。

2020 年 5 月 7 日

原载于《江阴日报》2020 年 8 月 3 日

童年的玩耍

我发现，社会现代化固然给人们带来不少便利，却也带来了人际关系的疏离化，而且还给儿童带来了玩耍的单一化。过去人们住在一个大杂院里头，孩子们在院子里头打打闹闹，非常开心。现在都住在楼房里，人们互不来往，特别是一个孩子关在家里，其寂寞可想而知。儿童玩的玩具也特别简单。我的学生经常带孩子来玩，他们手里拿的要不就是汽车模型，要不就是手机。

回想我们小时候，玩儿的办法可多了。过年的时候要扎兔子灯，做些小玩具。譬如竹蜻蜓、扎风筝、跷跷板、七巧板等。女孩子跳房子、玩沙包。过节到姥姥家，表兄弟姐妹更是热闹非凡，玩儿各种游戏。我记得有一次捉迷藏，我躲到厨房的柴火垛里，他们都找不到我。我们南方做饭烧稻草，因此厨房的一边都堆满了稻草，藏在里面很难找到。冬天踢毽子，开展比赛。踢毽子很有讲究，有四种踢法：跳、跷、环、尖。跳是一只脚跳起来另一只脚把毽子踢出去；跷是一只脚提起的时候另一只脚踢毽子；环是一只脚曲起来，另一只脚踢毽子；尖则是双脚交叉用脚尖把毽子踢起来。尖踢是最难的一种踢法。每年冬天都会踢得满头大汗。春秋天玩空竹、抽陀螺、放风筝、跳绳。我们乡下不是跳绳，而是跳篾，把竹子削成很细的篾，比较有弹性，很好跳。我住的镇东头有一位竹工师傅，平时做竹笼子，我们小孩子去了，就给我们削篾，削得又细又光滑，很好使。我一下子可以跳一百多下，还能跳双摇。同伴间还经常比赛，既玩了，又锻炼了身体。

当年室内的玩具虽然没有现在那样丰富，但是有些玩具很有育人意义。如积木，可以自己搭建各种建筑物或房屋，自己动手，启发思维。我记得20世纪50年代一天的《光明日报》上有一组漫画共三张：第一张画的是一位父亲帮孩子用积木搭了一座很漂亮的房子；第二张画的是孩子一脚把漂亮的房子踢散了一地；第三张画的是孩子自己搭起的歪歪斜斜的房子。这组漫画很有意义，说明玩具是孩子自己玩的，不是大人代他玩的。

七七事变之前，我上小学一二年级。记得我父亲给我买了一盒方块拼图。一盒六个方块，每个方块六面，画着不同的图画，六块拼起来就是一幅完整的图画。玩的时候把六方块打乱，让我把整幅图画拼成功。其中有一幅图画是十九路军在上海抗击日军的画面。玩这个玩具，既培养了智力，又受到教育。十九路军抗击日军的画让我印象深刻，至今不能忘怀。

我国人民很有智慧，民间会用各种方式宣传抗日。我们小时候被称为"江北佬"的货郎担，制作了竹的机关枪，一根细竹筒，装上一个机关，摇起来就哒哒地响，就像机关枪。我们拿着它摇呀摇，说是打日本侵略者。给我们小孩子无形中进行爱国主义教育。鲁迅就称赞过这种玩具。他在《玩具》（1934 年）一文中，在批评达官贵人拥有许多高贵玩具后写道："但是，江北人却是制造玩具的天才。他们用两个长短不同的竹筒，染成红绿，连作一排，筒内藏一个弹簧，旁边有一个把手，摇起来就格格的响。这就是机关枪！也是我所见的唯一的创作。……前年以来，很有些人骂着江北人，……而江北人却创造了粗笨的机枪玩具，以坚强的自信和质朴的才能与文明的玩具争。他们，我以为是比从外国买了极新式的武器回来的人物，更其值得赞颂的。"

儿童的玩具，一要能启迪智慧，二要有教育意义。制造儿童玩具，也需要掌握点教育知识喔！

原载于《中小学管理》2020 年第 7 期

学习在江阴，教我如何不想她！

　　我的老家原本在江阴城东不远的刘家村。听我祖母讲，由于祖父不愿意当保甲长，就搬到了祖母的娘家贯庄。不知道是哪一年搬进了城里的大毘巷，我就出生在那里。我五岁的时候搬到了东横街章桥塓的陈家大宅。六岁开始到辅延小学上学。

　　章桥塓有一爿糕饼店，专做烧饼和油条。我们小时候称油条为"油炸桧"，这是民间表示对奸臣秦桧的愤恨。烧饼叫"麻煎糕"。烧饼有两种，一种是咸的、一种是甜的。咸的长方形，甜的作菱形。记得我祖母非常喜欢我，每天下午在门口站着等我放学。冬天，等我一到家，她就从棉袍中拿出一张"麻煎糕"来慰劳我。

　　日本侵略军打破了江阴的宁静，南菁中学被炸毁，许多平民百姓的房子被炸成废墟。我家逃难到乡下，辗转于北漍、华墅、周庄等地，最后落脚于金童桥。在那里上了几个月私塾，老师是一位郎中先生。学生有三四个，大一点的孩子读《孟子》，老师让我读《大学》，也不讲解，最后就记住了"大学之道，在明德，在亲民，在止于至善"这几句。1938年金童桥小学复学，我就上了三年级。校长是金院达，学校只有几十名学生。因为学生少，所以我们上的都是复式班。我们用的课本还是抗战前的，有抗日的内容。日本兵来清乡的时候，我们就把课本塞到墙角的洞里藏起来，跑到别的村庄去躲避。我们租住的房子是金家大院的一角，所以在那里认识了金懋鼎。他比我大三岁，记得他给我讲《三国演义》故事，从那个时候我就看起《三国演义》来。抗战胜利后，在南菁中学我们又成了同学，当然他比我高几级。改革开放以后，他回到江阴当律师，我们交往更是密切。我每次回乡都会和他聚会，可惜前几年他离我们而去了，使我在家乡失去了一位从童年开始的挚友。

我在江阴读书就上了五所小学。抗战前在辅延小学，三年级和四年级上学期在金童桥小学。四年级下学期因为我的姨母在城里澄翰小学任教，把我带到澄翰小学（今澄江中心小学）。但周末来往于城里和金童桥很不方便，五年级上学期又转到离金童桥较近的贯庄小学。五年级下学期又被姨母叫到澄翰小学，六年级又随着姨母到了实验小学，直到小学毕业。

在澄翰小学学习期间，我借住在西大街姨母家里。姨母家对街是一爿陈记制笔店。陈老板制的毛笔很好使，我们练字都是用他制的笔。我常常站在柜台前看他制笔。很多道工序，刷笔毛要刷好多遍才能刷出均匀的笔锋来，然后卷笔筒，装笔头，最后在笔杆上刻字，不同的笔有不同的名字。我发现他刻字的刀刃是月牙形的，便于在圆的笔杆上刻字。他刻的字也非常漂亮，有的笔名很雅致。陈老板有五个孩子，家庭经济很困难。我的姨母常常帮他在学校里推销毛笔。他的大儿子比我大一二岁，忘了他叫什么，我们同在澄翰小学读书。他身心顽皮好动，不爱学习，常常领着我们爬树摘果子。小学一位姓姚的老师很严厉，拿着戒尺打他的手心，并且讲了一些恶毒的话，说他不会有出息。但是陈大哥不久过江参加了新四军，抗击日本侵略军，作战很勇猛。解放后家乡的朋友告诉我，他已经是人民解放军某部的一名团长，驻扎在河南某地。可惜我们未能再见面。我常常用这个例子来告诫我们的青年教师，千万不要对孩子有偏见，不要把小孩子看扁了。每个孩子都有潜在的能力，只要给他提供合适的环境，他就会健康地成长发展。

六年级是在实验小学上的，也是因为我的姨母和她的好友汪士清老师在实验小学任教。汪士清老师和我的姨母是师范的同学，所以常常在一起。汪老师教我们语文课，教我们拼音字母，讲国语，即现在普通话，有一次她用国语读了一段课文，问我们听懂没有，我们都说没有听懂。学了拼音还是不会讲，那时上课都是用江阴的方言。实验小学的隔壁是章家大宅，当时被日军宪兵队占领。我们常常听到抗日战士被日军拷打的惨叫声，心中充满着对日军的仇恨。

上中学就到了南菁中学，敌伪时期改名为江苏省立第九中学。那时学校仅有的一座教学大楼被日军炸成了断墙残壁，就剩下几间平房，什么设备都没有。幸而遇到几位好老师，使我的少年时代没有虚度年华。初中一年级算术课老师章臣顺，他讲四则应用题常常用图解，如讲两车对开，时速不同，在一定距离内何时相遇等此类问题，都用图画出来，就很容易懂了。另外一位是教平面几何的胡静莲老师，她那时才二十多岁，患有肺结核，但给我们上课时却总是精神抖擞，讲课清晰，极富艺术性，可惜抗战胜利后不久就因病去世了。上初中时还是日军占领时期，日军派了一位教官来教日语，大家都不愿意学，我们常常逃学，所以学了两年连字母都没有记住。

音乐美术老师胡森林给了我们许多欢乐。他不是简单地教唱歌，而且介绍音乐知识，给我们听经典音乐，使我们知道了贝多芬、莫扎特、门德尔松等音乐家的名曲，得到古典音乐的熏陶，直到今天我还是喜欢欣赏古典音乐。课外组织我们成立歌咏队、口琴队。上海交响乐团的曹鹏就是我们口琴队队长。胡老师还兼任美术课，他善于粉彩画。我们不少同学在他启发下喜欢绘画、刻印章。江阴有不少文物商店，我们经常去挑选印石。班上夏鹤龄同学印章刻得最好。

我听母亲说，我的四姨丈姚子诚是一位音乐家，和刘天华是好朋友，在南菁中学当过老师，家里有许多藏书。可惜他在我出生不久后患伤寒早逝，我没有见过。七七事变后四姨母和表兄姚君德逃难到乡下，住在华墅。我就到他们在坊桥塊的老屋里去翻腾。首先翻到一本《韦伯斯特大辞典》，好大的一本书啊，有十来斤重。虽然已经有些破旧，但牛皮的封面，讲究的印刷，显示出它的不凡身价。在老屋的阁楼上翻出琵琶、二胡、月琴等许多乐器，还有许多五线谱。我最感兴趣的是一部《芥子园画传》，拿到家里就临摹起来。带到学校引起了沈鹏、夏鹤龄等同学的兴趣。梅兰竹菊、山水画我都临摹过，但后来发现视力有毛病，绘画也就放弃了。

初中二年级那一年，我们组织了一个小足球队。尹俊华任队长，我任领队。球队中有几名猛将，前锋除队长尹俊华外，还有薛钧陶、黄才卿。还有一位猛将祝廷兴。他是一位残疾人，左脚麻痹变形，但踢足球的兴趣很高，克服了残脚的困难，令人佩服。两名后卫是夏企曾和俞启荣。我们戏称他们为"哼哈"二将，因为俞启荣的嘴巴很大，夏企曾的鼻子也有点大。我们的球队在江阴小有名气，一次无锡的球队来比赛，输给了我们。抗战胜利后，有一次和当时国民党办的《正气日报》的球队赛足球，他们输了，竟然把在场边看球的薄瀚培同学身上的校徽扯下来，于是发生冲突。同学们一下子把对国民党的仇恨发泄出来，围困了《正气日报》馆，切断他们的电话线，差一点酿成政治事件。初中毕业那一年，抗战胜利，我们和高年级的同学排练话剧《一颗爱国心》在南菁中学的大礼堂演出。

胜利后恢复了南菁中学校名，第一任校长李天民，筹资盖了一座教学楼。因为是抗战胜利后建的，所以起名为"重光楼"。但除了校舍经修缮有所改善外，设备依然奇缺，物理化学课都是在黑板上"做实验"，因此我的物理成绩最差。

但是也遇到了几位好老师。高中数学一直是吴菊辰先生教的，他讲课极富逻辑性，而且讲话很快，前后衔接，一气呵成，所以上他的课很痛快。但数学成绩不太好的同学就感到吃力，跟不上他的节奏。高中教我们国文课的李成蹊先生、教史地课的李庚序先生，都很有学问，不仅课讲得好，而且人也很好，和蔼对待每个同学。当时没有固定的课本，代数用的是英文版《范氏大代数》，语文主要是学《古文观止》中的文章。李成蹊先生有时给我们讲讲文学，他特别推崇《文心雕龙》，常常讲到它。李庚序先生当时很年轻，教我们地理、历史。上课就在黑板上画地图，然后讲解那里的地貌、矿产、农产品等，非常形象易懂，平时还常和我们交流谈心。

在高中，上课做作业只是我们学习的一部分，课外我们有许多自己的活动。抗战胜利以后，同学们当时以为应该有民主政治了。谁知国民党反对派又对解放区发动内战、对国统区人民残酷镇压。我们班在当时要求民主的气氛中办起了两个文艺社团和刊物，即曙光文艺社和新绿社。新绿社主要成员是仰世源、薄瀚培。曙光社主要成员是薛钧陶、沈鹏、夏鹤龄和我等十来个人。开始只是办墙报，在道林纸上编好了贴在墙上，但设计很讲究，有文章、有插图，图文并茂。

《曙光》杂志

我和夏鹤龄担任美编，设计、抄写。当时学校训育主任不让我们办，经过斗争和进步教师的支持，总算办起来了，就张贴在平房第二进的墙上。第二年，在薛钧陶同学的策划下，曙光文艺社办起了刊物，开始是油印，刻蜡版，手工印刷大多是我和夏鹤龄两个人干的。后来又办起了铅印的正式杂志，名《曙光》，表示当时大家生活在黎明前的黑暗中，相信曙光必将来临。第一期的封面是一幅木刻，陶行知的嘴被一把锁封住了，表明国民党不让进步人士说话；第二期的封面图案也是一幅木刻，一名工友正在用铁锤砸套在另一名工友脚上的脚链。当时我们虽然没有什么政治背景，但总体上倾向于民主进步。可惜终因经费缺乏而出了两期就停刊了，只好改在《江声日报》文艺版上发表一些小文章。我们毕业后，由下一级祝诚同学继续担任编辑，直到解放。

当时没有课本，特别是语文课都是学古文。我和沈鹏都喜欢文学，经常在一起阅读课外书。读巴金的《家》《春》《秋》三部曲、曹禺的《雷雨》，读《水浒传》《红楼梦》等。我们俩经常在一起讨论，有时还争论起来。沈鹏是初中二年级时从上海回来的。我们脾气相投，爱好相似，住家也很近。高中的时候我住大巷，他住在大毘巷，后门已在堰桥头的河沿边上。有时我就住在他家里，一起读书。因为我们很亲密，在教室里总是坐在一起，所以同学说我们一条板凳坐了五年。其实也不是一条板凳，而是我们俩的课桌凳五年都挨在一起。解放后我们都在北京工作，密切交往至今已有70多年。

抗战胜利后南菁中学复校，高中的学生也都回来了，班级增多了，学校热闹起来。不久毕业生到外地去读大学了。徐瑞卿、花月城、尹素华等同学在大学接受了进步思想，后来才知道他们已经加入了共产党。1947年暑假，他们回来办起江阴同学会，我们几个同学参加了同学会。同学会在江阴办起暑期培训班，在中山公园办了一个暑期图书馆，陈列了许多进步书籍。我就是在这个时候读到了《钢铁是怎样炼成的》一书，激动不已，还读了《西行漫记》，第一次受到革命思想的熏陶。

1948年高中毕业，当年没有考上大学，到上海一所小

作者与沈鹏

学去教书，第二年考上了北京师范大学，从此离开了故乡，走上了教育工作岗位。

　　江阴，教我如何不想她！

　　扬子江水滚滚地向东流，
　　澄江儿童欢快地上学走。

啊，平静的江城，童年的江阴，
教我如何不想她！

敌军的炮火隆隆地响，
抗战的烽火处处在烧。
啊，苦难的岁月，英雄的江阴，
教我如何不想她！

红旗在天空高高飘扬，
人民建设的热情高涨。
啊，解放的蓝天，新生的江阴，
教我如何不想她！

"强富美高"绘制新画卷，
花园城市在滨江绽放。
啊，勤劳的人民，美丽的江阴，
教我如何不想她！

明月照耀着长江滨城，
星星跟着我走在远方。

啊，远离故乡的游子，祝福江阴，

教我如何不想她！

2020 年 8 月 10 日于北京求是书屋

原载于《江阴日报》2020 年 9 月 3 日

《澄鉴》颂

　　江阴古城，长江之滨；春申封地，季子故里。民性强毅，人情诚朴；忠义之邦，人文之乡。人杰地灵，人才辈出。明有徐霞客周游祖国山河；后有刘氏兄弟作文抚琴。人民建国，古城新生。改革开放，激创业之热情；经济腾飞，促社会之文明。尊师重教育，文脉永承。澄江澄江，乘新时代之东风，扬帆而前行。祝《澄鉴》创刊！

（该刊系江阴沈鹏的介居书院创办）

我和《光明日报》同行 65 年

　　1956 年，我从苏联留学回来，家里就订有《光明日报》，当时报纸还只有 4 个版面。我喜欢《光明日报》，因为它文化底蕴深厚、重视文化教育的报道。至今印象很深的是，有一期第 3 版上有一组漫画。画的是一个儿童在搭积木玩，第一幅是他的爸爸给他搭了一个很整齐很漂亮的房子；第二幅是儿童一脚把这个房子踢翻了；第三幅是儿童自己搭了一个歪歪扭扭的房子，而且表现得很满意。这幅画说明了，玩具是儿童自己玩的，不用大人替他玩。我看了以后感触很深，教育不也是这样吗？教育需要以学生为主体，引导学生自己学习，而不是老师包办代替。

　　《光明日报》不断扩展版面，由 4 版到 8 版，由 8 版到 16 版，由黑白到彩色，内容不断丰富。我记不清哪篇文章对我影响最深，但除了关注与我专业有关的教育版面外，我非常喜欢史学版、国学版，也喜欢介绍新科技的文章，它们使我增长了许多知识。

《光明日报》非常重视教育的报道，倡导全社会都尊师重教。记得1983年3月重庆市长寿县（今长寿区）发生了一起暴徒殴打云台中心小学女老师的事件。民进中央主席周建人写信给《光明日报》，呼吁全社会尊重教师劳动，关注教师权益和人身不受侵犯，要求有关部门秉公处理，对肇事歹徒绳之以法。信件发表在《光明日报》的头版头条，引起了全社会的关注。1985年春节前夕，时任中国教育工会主席方明同志和我等数人给《光明日报》写信，呼吁全社会尊重教师，希望地方领导春节期间看望慰问教师，也刊登在报纸头版头条。20世纪80年代初期，尊重教师的呼声引起了社会的广泛关注，在这样的背景下，由方明、王梓坤发起建立教师节的倡议，终于在1985年经全国人大常委会通过成立教师节。《光明日报》起到了舆论的重要作用。

改革开放以后，《光明日报》在当时坐落在北京虎坊桥的报社里开过多次座谈会，讨论教育的改革和发展。特别是在党的十四大以后，在社会主义市场经济条件下，教育与市场经济是什么关系？开展了热烈的争论。我曾经参加过多次这种座谈会，在讨论中受到很大的启发。在讨论争论中，大家逐步对教育的性质、教育与社会经济的关系，有了一个正确的认识。

我一直是《光明日报》的忠实读者，一直自订报纸，记不清哪一年又成了《光明日报》的作者。现在我能查到的是1984年4月6日发表的《谈职业技术中学的性质和地位问题》。近几年来《光明日报》为了鼓励我，每年赠送报纸，但我的老伴周蕖一直还自订光明日报社出版的《书摘》杂志，我们都喜欢这本杂志。我特别关注报纸的《教育周刊》，它传达了党和国家对教育的大政方针，反映了教育学者和广大教师对教育热点问题的观点。我也特别喜欢《史学周刊》《国学周刊》。因为我大学主要是在苏联学习的，感觉自己中华传统文化的知识浅薄，《光明日报》的《史学周刊》《国学周刊》，还有许多考古的报道，使我获得了许多中华传统文化的知识，增加了我对中华传统文化的认识。

作为大学教师，科研成果总是在学术期刊上发表，在报刊上发表的较少。自从21世纪初我担任中国教育学会会长以来，经常深入基层学校，发现中小学校有很多教育改革的新经验，也存在许多实际问题，同时，社会上也日益关注中小学教育的问题，深感教育文章要贴近实际，贴近广大读者，报刊比期刊有很大的优越性，文章短，时效快。我就开始为《光明日报》写文章，发表我关于教育的观点，有的还引起了社会的争论。

《光明日报》一方面给我提供了许多信息和知识，另一方面也锻炼了我，催奋着我进一步研究我国的教育问题。《光明日报》成为我离不开的良师益友。

2021 年 1 月 25 日

我与人教社 65 年

2020 年是人民教育出版社（以下简称"人教社"）成立 70 周年华诞，首先要热烈地祝贺人教社为我国基础教育教材建设作出的重大贡献。

回想起来，我与人教社交往已 65 周年。1956 年我从苏联留学回来，就跑到人教社，问他们我能为出版社做些什么。接待我的是教育理论编辑室的陈侠主任。他建议我介绍一些苏联的教育理论和经验。当时正是一面倒向苏联学习的年代，出版社当时出版发行一本杂志《教育译报》。于是我就为该杂志翻译苏联教育杂志上的一些文章。自 1957 年到 1960 年杂志停刊，我和周蕖两人合译或单独翻译了 8 篇文章，其中就有赞科夫的《论教育和发展的问题》一文，第一次把赞科夫的教育发展论介绍到中国。1958 年我又和宣武医院的苗兰卿医生合作翻译了苏联索维托夫的《学校卫生学》。当时师范生要学这门课，但是没有教材，这本书填补了空缺。1958年，北师大外语系潘欢怀老师正在翻译乌申斯基的《人是教育的对象》一书，潘老师邀请我翻译其中第八章。乌申斯基的文章非常难读，第八章中还讲到物理学中的以太等概念，我费了好大劲才勉强译出来，也不知道译得对不对。

改革开放以后，我和出版社的联系就更多了。当时恢复中等师范学校，培养小学教师，但没有教材。1980年教育部委托我校编写中等师范学校用的教育学、心理学教材。当时我任北师大教育系主任，于是我就承担起编写中师《教育学》的任务，心理系主任彭飞主编《心理学》。编写之前我们先要做一番调查研究，了解小学教育的情况和中师老师的需求。于是我和靳希斌、赵敏成三人到成都、重庆、武汉、长沙、杭州、上海进行了一个多月调研，与中师的老师和小学老师座谈，听取他们对教材的意见。1982年人教社出版了我和黄济主编的中师用《教育学》。该书在中等师范学校用了10年，发行了40多万册。书中我提出了"学生是教育的主体"这一新命题，受到教育界的关注，并开展了热烈争论，逐渐为大家所接受。

1980年，教育部邀请美国哥伦比亚大学比较教育学者胡昌度教授来华讲学，并在北师大教育系组织了大学教师进修班。后来进修班的老师们组织起来编写我们自己的比较教育教材，并请教育界的前辈王承绪、朱勃教授来指导。我们共同编写了新中国第一本比较教育学教材。教材也是在人教社出版，后又几经修改，至今已出版了第五版，成为师范院校教育专业学生用的主要教材。

　　1979 年开始人教社就成为中国教育学会外国教育研究会（后来更名为比较教育分会）的理事单位。人教社的熊承

1982 年、1985 年、1999 年版《比较教育》

涤、诸惠芳等积极参加了外国教育研究会的活动，并且策划编写了《外国教育丛书》，主要介绍六个发达国家的教育制度和经验。从20世纪90年代开始，人教社又聘请我主编《比较教育丛书》和《比较教育论丛》。这两套丛书延续至今，分别出版了10册和9册。人教社为比较教育学科的建设，作出了重要贡献。

人教社以编写中小学教材为主业，是编写教材的重镇。他们编写的教材质量高，品种全，为全国中小学所通用。即使在"一纲多本"的年代，人教社编写的教材也是全国使用最多的。他们有一大批学问精深、治学严谨的编辑人员，先不说过去叶圣陶、吕叔湘等老一辈专家，我认识的如教育理论室的陈侠，语文组的张志公、袁微子、刘国正等在学界都很有声望。他们不仅编写教材，而且对各学科都有深入的研究，人教社始终是我国课程教材研究的重镇。

中国教育学会成立以后，中小学各学科的研究会都设立在人教社。我任中国教育学会会长期间，人教社两任社长叶立群、韩绍祥曾任中国教育学会副会长，他们对中国教育学会的工作给予了极大的支持。设在人教社的中小学各学科的专业委员会积极开展工作，推动了我国中小学的教育教学改革，提升了基础教育的教育教学质量。

我和人教社的交往真是说不完。改革开放后，我在人教社出版的最早的一本书是我和杭州大学金锵、鲁迅的邻居俞芳合著的《鲁迅的教育思想和实践》，是当今唯一研究鲁迅教育思想的专著，已发行两版。最近几年人教社为我出版了《顾明远讲演录》《中国教育路在何方》《鲁迅教育文存》。可以说人教社伴随我成长，我要感谢人教社对我的帮助和支持。

今天我们进入了新时代，开始新征程，我祝愿人教社为我国实现教育现代化作出更大的贡献。

2020 年 12 月 21 日

从教学大纲到课程标准

首先祝贺《课程·教材·教法》杂志创刊40周年！《课程·教材·教法》为我国课程改革、教材建设、改进教学方法、提高教育质量作出了重要的贡献。

我国的课程改革经过了曲折发展的道路。新中国成立之初，确立了向苏联学习的方针。苏联教育学中没有课程这个概念，笼统地把它叫作"教养"的内容。所谓教养，凯洛夫《教育学》中是这么表述的："教养的内容是学生在教学过程中所要掌握的系统的知识、技能和技巧。"又说："教养的内容体现在教学计划、教学大纲和教科书里。"因此，我国长期沿用教学计划、教学大纲和教科书的概念。而教学计划、教学大纲是国家制定的，全国统一的，学校和教师是无权改变的。

改革开放以后，在"解放思想，实事求是"思想路线指导下，我国教育理论界认真反思新中国成立以来的教育理论建设，同时努力吸纳世界各国教育改革的新理念、新经验，发现课程对中小学教育的重要性。例如，美国的《国防教育法》就是从课程改革入手，实现教育现代化。中国教育界重新拾起了课程的概念。

其实，在解放以前，中国一直沿用课程这个概念。中国唐代已有"课程"之名。孔颖达疏《诗经·小雅·巧言》有"奕奕寝庙，君子作之"句，谓"教护课程，必君子监之，乃得依法制也"。宋朱熹在《朱子全书·论学》中亦有"宽着期限，紧着课程""小立课程，大作功夫"等句[1]。礼、乐、射、御、书、数六艺就是我们古代的课程。民国时期，把规定各级学校各门课程的教学目标和任务、教学内容的要求和范围、教学时间的分配、教材教具的选择、教育方法的运用等称为课程标准[2]。民国期间就有课程理论的研究，但新中国成立以后中断了。

---

[1] 《教育大辞典》第二版上卷，892 页，上海，上海教育出版社，1998。
[2] 陈侠：《课程研究引论》，见瞿葆奎主编《课程与教材》上册，17 页，北京，人民教育出版社，1988。

改革开放以后，课程理论研究得到教育理论界的重视。特别是 1981 年人民教育出版社《课程·教材·教法》杂志的创刊催生了课程理论的研究。该刊第一期发表了人教社社长戴伯韬的文章《论研究学校课程的重要性》，第三期陈侠的文章《课程研究引论》，为我国课程研究开辟了道路。

但在我国的教育文件中，一直沿用教学计划、教学大纲、教科书的概念，并根据教学计划、教学大纲编写教材，实施中小学的各科教学。20 世纪 80 年代曾经感到，统一的教学计划、教学大纲和教科书，在我们这样一个幅员广阔的国家，缺乏因地制宜的灵活性，曾提出"一纲多本"的政策。也就是全国有统一的教学计划和教学大纲，教材则由各地各出版社编写，经过审查审定后出版。当时全国共有八套半义务教育阶段的教材。1986 年，国家教委成立中小学教材审定委员会和审查委员会，审查审定这批教材，直到 21 世纪初新课程改革开始以后才终止。

2001 年 6 月，教育部印发《基础教育课程改革纲要（试行）》的通知，拉开了新课程改革的序幕。教育部成立了课程改革指导委员会，开始制定各学科的课程标准。经过 20 年来的试点实验研究，多次修订，义务教育各科课程标准于 2001 年颁布，2011 年又颁布了修订版，新的课程标准修订工作正在进行中；普通高中各科课程标准修订已于 2017 年颁布，2020 年又开始修订。

新课程标准与过去的教学计划、教学大纲有什么不同？首先，标准不同，内容要求不同。教学计划、教学大纲虽然也提到在教学过程中要重视学生全面发展、思想品德的养成，但主要是规定各学科的知识内容。新课程标准提出了知识、能力、情感价值观三维标准，重视各学科培养学生的核心素养。其次，教学计划、教学大纲强调了统一性，缺乏灵活性。虽然实行过"一纲多本"，但教学大纲规定的内容要点、课时等是不能改变的。课程标准则具有灵活性，除政治、语文、历史三科统编教材外，其他学科根据课程标准要求由各地编写，同时在各校实施中可以对课程进行整合调整。最后，新课标反映了时代的要求、学科发展的进步，具有思想性、科学性、时代性等特点。

关于课程的实施，我觉得要把握好几个环节。国家课程，我把它叫作"理想课程"，它贯彻了党的教育方针，体现了国家意志，这是第一个层次，也是最高层次。国家课程需要通过教材来实施，因此编写教材的过程可以叫作"开发课程"，这是第二个层次。教材编写者对国家课程的理解非常重要。如果稍有偏差，"理想课程"就会有一个落差。课程教材需要通过教师来实施，课堂教学就是课程实施的最重要环节，我把它叫作"实施课程"，这是第三个层次。教师需要深刻理解新课改的精神，精确掌握教材的内容和要求，否则国家课程就会落空。有经验的优秀教师，精准地把握国家课程标准，不仅能完成教育教学任务，而且能超越"开发课程"的要求。所以，这是教学过程中最重要的环节。最后一个层次就是学生的收获了，我把它叫作"习得课程"，这就取决于教师的课堂教学质量了。因此，"实施课程"这个环节最重要。课堂教学是立德树人的主渠道。课改的成败，就在于"实施课程"能不能完成国家课程标准的要求。因此，学校的校长、教师要认真学习研究国家课程标准和各学科的核心素养要求，认真备课，上好每一节课，教好每一个学生。

最后，祝愿《课程·教材·教法》以新发展观为指导，迈向新征程，谱写新篇章！

2021 年 8 月 8 日

追念与曹余章
编纂《教育大辞典》的十年

《教育大辞典》

现在我们正在艰难地修订《教育大辞典》第三版，不由得想起编写《教育大辞典》第一版时的曹余章先生。曹余章是我国老一辈著作家、出版家。我第一次读到他写的书，是他与林汉达编写的《上下五千年》。该书讲述了中华民族从三皇五帝至辛亥革命五千年的历史，是一本集中国发展史、重大历史事件、名人简介为一体的历史科普读本，通俗易懂，是中小学生最喜爱的优秀读物。我认识他是在 1985 年 11 月中国教育学会在武汉召开的第二届学术研讨会上。会议期间会长、副会长讨论编写《教育大辞典》的事，上海教育出版社总编曹余章和社长陈义君从上海特地赶来参加了这次讨论。

说起编写《教育大辞典》的起源，这是中国教育学会会长张承先同志提出的，他说，中国教育学会要为基础教育服务，要为中小学教师编一本辞典，以提高教师的专业水平。吕型伟副会长就建议上海教育出版社出版，于是就有了那次讨论。这件事张承先同志的秘书郭永福早在 1984 年就跟我说过，希望我能参加。我原以为要我帮助张承先同志来编这部书，所以参加了那次讨论。没有想到在讨论中，张承先、刘佛年、吕型伟几位老会长一致推荐我担任主编。我当时惶恐不安，坚决推辞，觉得既没有资历，又学问浅薄，难以胜任。但他们认为大辞典工程浩大，不是一二年能够完成，他们年事已高，认为我还年轻力壮，又担任着北师大副校长，有较多的教育资源，坚持要我担任。会议讨论坚持到深夜一点多，我只好接受下来。当时我和曹余章并不认识，但他也竭力支持，从此我们合作了整整十年。

1986 年 4 月《教育大辞典》成立编委会，由我担任主编，季啸风、张瑞璠、曹余章担任副主编，魏一樵任秘书处主任，开始了漫长的编纂工作。张承先会长给我们提出"大、齐、新"和"熔古今中外于一炉"的编纂方针。编写辞典是一项十分艰巨的工作。在编写框架的时候,就遇到许多问题,发生过很多争论;此后的选目、释文撰写时问题更多,有政治性、科学性、历史性、规范性等问题。经过6年的时间,于1992年《教育大辞典》出版了分卷版,又经过了6年时间增、删、并、改,1998年出版了第二版增订合卷本。

《教育大辞典》编委会成员合影(右一为作者、右二为曹余章)

《教育大辞典》能够顺利出版，应该归功于老一辈教育家的指导和支持。特别是张承先会长制定了编辑方针，还参加了多次编委会；刘佛年副会长提出许多好的建议；吕型伟副会长一直陪伴到《教育大辞典》的出版，参加了历次编委会，提出了许多宝贵意见。参加分卷主编的有滕大春、黄济、汪永铨等老一辈教育学者，还有几百名中青年学者。《教育大辞典》真是老中青学者辛勤劳动的结晶。

在整个编纂过程中，曹余章先生起了不可替代的作用。他是大辞典的策划者、把关者。他作为上海教育出版社的总编，屈居大辞典副主编，但是实际上起到了主编的作用。《教育大辞典》分卷版共12分卷，收词约3万条，共800万字。曹余章一字不漏地亲自审阅，精心修改，最后定稿。我主要是做一些组织协调工作，虽然也审阅了大部分词条，但我对许多学科并不熟悉，特别是中国古代教育史。这一分卷主要由华东师范大学张瑞璠先生主编，内容涉及许多古文经典，我都不太熟悉，都是曹余章亲自审阅校对把关。同时，我审阅词条只是从释义内容的政治性、科学性方面把关，而他则从编辑的角度精雕细刻，所下的功夫是常人无法想象的。他因此积劳成疾，肝病发作。正当编纂大辞典第二版增订合卷本的时候，他一病不起，住进了医院。

我到医院去看望他，发现他在病榻上仍然审阅着《教育大辞典》的书稿。直到弥留之际，仍然念念不忘《教育大辞典》的进展。可惜他未能见到第二版的出版。他这种对工作认真严谨的态度，真使我感动不已。

我们在编写过程中，在框架设计、词目选择、释义成文，以及工作方面遇到很多问题，曹余章做了许多工作，发现问题总要与我讨论。曹余章文史学养深厚、编辑水平精湛，年

作者与曹余章先生的通信

龄也比我长几岁，是我的先辈学长。但他十分谦虚、平易近人，每遇问题，总要征求我的意见。所以我们经常通信来往，10年中来往信件达十几封之多，我都珍藏至今。我们在许多问题上意见都很一致，见面时谈得也非常投机，真成为莫逆之交。他的逝世，不仅《教育大辞典》受到损失，也使我失去了一位知我的朋友，感到十分痛心。今天我们又在修订《教育大辞典》第三版，不能不使我怀念起这位《教育大辞典》创始人，我的朋友曹余章。他走了25年了，但在我审阅《教育大辞典》第三版的每一个词条时，我都不能不想起他，总觉得他在鞭策着我，要克服困难，不能懈怠，认真负责，保证质量。

曹余章永远在我们的心中！

原载于《中国读书报》时有删节，2021 年 1 月 27 日

教育科学研究的百花园
——庆贺教育科学出版社成立40周年

改革开放迎来了教育科学研究的春天。1978年中央教育科学研究所重建，1979年中国教育学会的成立，标志着我国教育科学研究进入了一个新阶段。教育科学研究需要有一个阵地，于是《教育研究》杂志和教育科学出版社相继成立。今年是教育科学出版社成立40周年。40年来出版社在服务教育改革、推进科学研究、扶植青年学者成长方面，做了许多工作，出版了许多精品，值得热烈庆贺。

教育科学在我国发展比较晚，并且经过曲折的道路。如果从我国师范院校设置教育学课程开始算起，至今也不过100多年的历史。新中国成立以前，只有少数学者开展教育科学研究。新中国成立以后，以苏联为师，一本凯洛夫《教育学》走遍天下。但中国学者追求教育科学中国化的道路并没有停止。改革开放以后，在邓小平"教育要面向现代化，面向世界，面向未来"的思想指引下，创建有中国特色社会主义的教育理论体系的任务，摆在教育理论工作者的面前。40年来，教育科学研究蓬勃开展。经过几个五年计划，中国教育科学涌现出了大批科研成果，创建了许多新学科，各地建立了教育科研机构，成长起一支教育科研队伍。特别值得关注的是，教育科研走出了大学的书斋，走进基层学校。科研兴教、科研兴校成为广大教育工作者的共识。教育科研硕果累累，为中国特色社会主义教育理论体系建设提供了新的理论和实践基础。

教育科学出版社肩负着推进科学研究、服务教育改革的重任，40年来作出了重要的贡献。从教育科学出版社出版的图书来看，出版社具有与其他出版社不同的特点。

首先，出版社把教育学科的学术著作放在出版的重要位置。教育改革与发展需要有理论的指导。我国教育有悠久的历史和优秀的传统，但不可否认，也有许多陈旧的教育观念、落后的教育方法，教育改革与发展需要推陈出新。教育研究需要系统地研究古今中外的教育理论和实践，科学地进行总结，批判地进行选择，建立有中国特色的教育理论体系。

出版社在这方面做了大量的工作，出版了一批有影响的学术著作。

其次，出版社始终把服务基层教育作为出版的重点。40年来出版了一批优秀的中小学教科书和教育读物，为我国新课程改革、提高教育质量提供了丰富的知识资源。

再次，出版社总结出版了许多基层优秀教师的教育经验，如由我主编的《教育家书院丛书》。这些图书是我国教师立足于中国大地创造的自己的经验，不仅为我国教育理论建设提供了新鲜经验，同时也帮助和促进教师专业的成长。

最后，出版社重视青年学者教育学术著作的出版，扶植他们的成长。1999年出版社决定出版《教育博士文库》，资助青年学者出版他们的研究成果。20多年来，出版了上百部优秀博士论文。荣获论文出版的青年学者，今天许多已经成为教育科学研究队伍中的骨干。《教育博士文库》是出版社最有特色的教育品牌，它不仅丰富了教育科学宝库，同时促进了教育科研队伍的建设。

我有缘与教育科学出版社联系，早在它成立之初。中央教育科学研究所恢复以后，聘请我为学术委员会委员和职务评定委员会委员，这就成为我与教育科学出版社联系的纽带。我要感谢出版社，1998年在我从教50周年的时候，出版了我的文集《我的教育探索》。出版社聘请我为《教育博士文库》评选委员，每年要看五六篇甚至十来篇论文。虽然比较辛苦，但是看到青年学者的研究成果，心里由衷地高兴。

值此教育科学出版社成立 40 周年之际，我向出版社表示衷心的祝贺。并希望出版社不负韶华，砥砺前行，为教育科学的繁荣、为实现教育现代化作出更大的贡献！

2020 年 5 月 14 日

第四章

有关鲁迅研究的前言
后语及其他

伯父的最后岁月序
鲁迅故家的败落后记
回忆大哥鲁迅编后记
怎样讲读鲁迅的文章
鲁迅的小邻居俞芳
永远的怀念
——我们的父亲周建人
往事回忆

《伯父的最后岁月》序

《伯父的最后岁月——鲁迅在上海（1927—1936）》是周晔大姐的一部遗书。周晔大姐是周建人的大女儿，鲁迅的侄女。在鲁迅的下一代中，由于她的年纪比海婴还要大几岁，所以她对鲁迅的印象会多一些，深一些。她曾经写过一篇短文《我的伯父鲁迅先生》，一直被选入小学语文课本。她写这本书是经过长期酝酿和准备的。因为我 1956 年踏进周家之门以后，长期和周建老、周晔大姐生活在一起，所以对她的写作背景和过程都十分清楚。我想在这里向读者做一些介绍。

周晔早年就读于之江大学、圣约翰大学英文系。1948年进入苏北解放区。解放后工作于总工会女工部，担任杨之华的秘书。听到杨之华讲述许多瞿秋白，以及瞿秋白和鲁迅的故事，于是她就萌发了写瞿秋白传以及鲁迅的传记的想法。但因为众所周知的原因，瞿秋白传的撰写未能实现。"文革"以后，她担任上海译文出版社社长。在上海开始收集有关鲁迅的资料，准备把鲁迅在上海最后十年的生活和斗争的事迹梳理清楚并公布于世。为了完成此项工作，从 1981 年开始就以侍奉周建老为名请假到北京来，其实是为了得到周建老的指点和帮助。在北京她做了一件极为有意义的工作，就是和周建老聊鲁迅故家的故事。这就是 1984 年 7 月由湖南人民出版社出版的《鲁迅故家的败落》一书。此书署名是"周建人口述，周晔整理"。其实此项工作早在"文革"前她在杭州《东海》杂志工作时就开始了，是周晔在和周建老聊天过程中，把鲁迅小时候及周家台门里的故事记录下来并加以整理的。在北京时周建老已九十多岁高龄，双目几乎失明，但脑子十分清楚，尤其是记忆力特别好，经常讲述许多鲁迅及周氏家族的故事。周晔整理后读给周建老听，反复修改才成书。可以说，这是一部研究鲁迅故家最有权威的书。出版以后受到鲁迅研究界的重视。可惜周晔和周建老本人都未能看到成书。他们在出书的前夕，当年的 1 月和 7 月先后去世了。尤其可惜的是，此书的手稿曾有 40 万字之巨，但出版时出版社竟然删掉了将近一半。最近福建教育出版社想重新出版，但原稿已找不到。和鲁迅同时代的人已经所剩无几了，了解鲁迅故家的人恐怕已都不在世。这种损失是再也无法挽回了。周晔做了这件抢救性的工作，真是对鲁迅研究作出的莫大贡献。

《伯父的最后岁月——鲁迅在上海（1927—1936）》是周晔的另一部著作。正如我上面提到的，她曾经想写一部瞿秋白传，因"文革"中瞿秋白被贬污，杨之华被迫害致死，瞿秋白传当然无法撰写，所以她就着手写鲁迅在上海的故事。她在上海图书馆收集了20世纪二三十年代的各种背景资料，包括自1927年至1936年的《申报》及其他报刊；在北京又相继访问了茅盾、叶圣陶、曹靖华等鲁迅当年的朋友和战友，得到了他们的指点和帮助；她和父亲周建老、母亲王蕴如老人回忆讨论了当年的事情，得到了许多第一手资料。她所访问的老人，现多数已经作古。可见书中的资料是多么珍贵。

周晔写这部著作是费了许

《伯父的最后岁月——鲁迅在上海（1927—1936）》

多心血的，是十分严肃认真的。正如她在《缘起》中所写到的，"为了弄清楚一些问题，我开始对现代史、党史产生了兴趣"。她孜孜不倦地学习，到处收集、查阅资料，更多的时间是和周建老讨论，往往一篇稿子要讨论修改好几遍。有的问题连周建老也记不清楚了，建老会说："你还是去问问雁冰吧。"周晔就跑到茅盾那里去请教。有些事实各人的记忆有出入，她就把各种意见都记录下来，供别人去研究考证。在我的记忆中，1982 年的夏天是我们来北京以后最炎热的暑天，晚上热得睡不着，周晔拿了一张席子睡到客厅的地板上，凌晨一早起来就写作。1983 年春节过后她开始咳嗽起来，但完全没有在意，以为是感冒，还是埋头于写作。到 5 月严重起来，开始去看医生，发现是肺癌，而且已经是晚期，无法动手术，于是跑医院放疗、化疗，身体和心理受到很大的折磨。在那样痛苦的日子里她知道病将不治，所以更加拼命努力，一面与病魔作斗争，一面坚持写作，终于完成了约 40 万字的稿子。虽然后面几段在稿子上看上去已经有些零乱，但确是一部完整的记叙鲁迅在上海最后十年斗争生活的史篇。

我在她生病期间，曾经抢时间通读了一遍，感到内容十分丰富，是一部鲁迅研究的重要著作。周晔说，她"不是作家，平生无著作"。这是不正确的，是她自谦之词。她是学文学的，平生爱好文艺，又先后在工人日报社、杭州《东海》杂志社任过记者、编辑，写过多篇文章。她的文章很有文采，《伯父的最后岁月——鲁迅在上海（1927—1936）》这部著作就很有艺术性、可读性。著作中不仅记录了鲁迅的斗争，也记录了他的生活，他的病痛，他和家人、朋友的情谊。它既是一部史篇，又是一部文艺作品。

1984 年春节的前一天，也即 1984 年 1 月 31 日，周晔不幸去世了。她没能看到这部书的问世，就是《鲁迅故家的败落》一书，也只告诉她已经付梓，即将出书。这是我感到最悲哀的。周晔去世后，《伯父的最后岁月——鲁迅在上海（1927—1936）》的出版就是我的一个心愿，但因 80 年代刮起的一股贬低鲁迅的风，难以找到出版社。应该感谢福建教育出版社黄旭同志，当我提到这部书稿时，他就很感兴趣；出版社的领导也能慧眼识珠，立即决定出版，以纪念鲁迅诞辰 120 周年。我感到十分欣慰，同时也可告慰周建老、王蕴老和周晔大姐的在天之灵。而更重要的是，在鲁迅研究宝库中又多了一份财富。

2000 年 10 月 3 日于北京求是书屋

《鲁迅故家的败落》后记

　　校完《鲁迅故家的败落》以后，感到还想说几句话。这本书与《伯父的最后岁月——鲁迅在上海（1927—1936）》是周晔大姐研究鲁迅的姐妹篇，成书都在 20 世纪 80 年代初。《鲁迅故家的败落》一书于 1984 年 7 月由湖南人民出版社出版，可惜周晔大姐和周建人都没有亲眼见到，他们先后在当年 1 月和 7 月逝世。《伯父的最后岁月——鲁迅在上海（1927—1936）》一书的书稿在我的抽屉里竟然长睡了 17 年。幸喜得福建教育出版社的垂爱，《伯父的最后岁月——鲁迅在上海（1927—1936）》一书得以在鲁迅诞辰 120 周年时和读者见面。但是，《鲁迅故家的败落》一书因为出版得早，印刷、装帧都很粗劣，并且错漏之处甚多，因而与福建教育出版社商量，重新校印出版。我记得原稿有约四十万字，但当时湖南人民出版社编辑时删去了三分之一。本想这次再版时把删去的补上，可惜湖南人民出版社把删去的原稿丢失了，无处寻找，因此这次再版只好按原书照排。但校订时我们认真地参照有关资料，不仅改正了前书印刷中的错别字，而且改正了几处错误。

《鲁迅故家的败落》这本书的成因是在 20 世纪 60 年代中期，"文革"之前，当时周建人在浙江任省长，周晔在杭州《东海》杂志社任编辑，工作之余，父女俩就聊鲁迅故居的故事，周晔作了详细的记录。直到 1981 年，周晔再次回到父亲身边，那时周建人已患眼底出血几乎双目失明，周晔只能把整理好的稿件读给他听。一面参照有关资料，一面和父母交谈，经过反复修改，终于成书。应该说，这是一部研究鲁迅故家以及鲁迅著作中的人物、背景、思想的最有权威的书。本书的出版引起了海内外鲁迅研究的关注，不久就

《鲁迅故家的败落》

被外文出版社译成英文出版（1988），可惜的是译者不懂绍兴方言和当地习俗，因此译文多处不够准确。日本也有许多朋友来信来访，想把该书译成日文，恐怕也因为难懂难译，至今未果。国内许多鲁迅研究著作引用了该书的内容，但因为原书校印有误，变成以讹传讹。因此本书再版也可以纠正一些讹误。为了读者容易理解，对有些方言作了注释，有些在括号中加以说明。

周　蓁　顾明远

2001 年 6 月 2 日

编后再记

今年年初，日本鲁迅研究者汤山土美子女士由陈漱渝先生介绍来访，她说想把《鲁迅故家的败落》译成日文，并且说她有周晔原稿的复印件，1984 年湖南人民出版社出版时删去了的一部分，有关周福清的资料很有历史价值，想在翻译本中补进去。

此书 2001 年福建教育出版社再版时我就想把初版删去

的部分补进去，但当时湖南人民出版社说，时间太久了，原稿也找不到了，因此只好作罢。没有想到日本学者手里会有原稿复印件。原来，20世纪80年代中期，汤山女士在北师大做访问学者时，到湖南人民出版社看到周晔的原稿被删掉的部分（以下简称"佚稿"），她就复印保留起来。于是我就请她把复印稿再复制一份寄给我。

上个月收到汤山女士寄来的原稿复印稿，共480页，不是原稿全部，主要是初稿时删去的部分。在整理中才发现原稿是以周建人和周晔父女俩对话体写成，除了几个章节是周建人口述的内容外，许多内容是周晔发问和分析，有些是周晔收集的当时的背景材料。因此将全部佚稿再编进书里有困难。我做了如下一些处理：一是将佚稿中周建人口述的关于周福清官场的情况以及鲁迅故家三台门内的人和事重新编写了几个章节，放在新版中编进去。我认为这部分反映了周福清的官场经历及他的人格脾气，同时也反映了鲁迅故家由盛到衰的败落过程，以及三台门一些风俗人情，对鲁迅研究有较高的价值，可以说，鲁迅小说中的人物，在三台门内外都有影子。二是把周晔收集到的有关周福清的资料作为附录附在有关章节的后面，有些是经过考证的，纠正了一些误传，这部分资料也很有历史价值，其他周晔论述对当年（光绪年间）的时局分析只好放弃了。

本书第一版出版之前，周海婴曾经给湖南人民出版社编辑写了一封信，汤山女士也复制到了，我也把它作为附录附在书的后面。

我要声明的是，我不是鲁迅研究者，只是周建人、周晔的家属。因此，处理佚稿时，我没有再去查阅任何资料，只是根据佚稿作了一些文字上的处理，增加的都是周晔的原稿，我连标点符号都没有改动。

今年适值鲁迅逝世 80 周年，要感谢汤山女士能够保存并提供周晔佚稿，感谢陈漱渝先生对处理周晔佚稿的意见，也要感谢福建教育出版社在短短几个月时间内就将本书作为新版付梓出版。

顾明远

2016 年 7 月 13 日于北京

《回忆大哥鲁迅》编后记

  周建人是鲁迅的胞弟，从小就和鲁迅生活在一起。鲁迅在上海的最后 10 年和周建人的关系也是最密切的。他们共同生活，共同战斗，思想也是相通的。我听到不少老前辈讲，他们虽然没有见过鲁迅，但在周建老身上看到了鲁迅的影子。因此，周建人是最了解鲁迅、最亲近鲁迅的人之一。周建人生前写了不少回忆鲁迅的文章。晚年在女儿周晔的帮助下写了《鲁迅故家的败落》一书，又指导周晔完成了《伯父的最后岁月——鲁迅在上海（1927—1936）》的专著，前者于 1984 年由湖南人民出版社出版，最近将由福建教育出版社再版；后者也将由福建教育出版社出版。但周建人还有不少回忆的文章，很有史料价值，例如，《关于鲁迅的若干史实》《略谈鲁迅》等，不仅介绍了鲁迅青少年时代的许多活动，而且匡正了不少过去流传的谬误。《我所知道的瞿秋白和鲁迅》《鲁迅寄希望于红军》等回忆了许多鲁迅与共产党人接触的鲜为人知的史实。本集的最后还附录了周建人夫人王蕴如和女儿周晔的4篇文章，也很有史料价值。两位老人和大姐均已作古，他们留下的这些对鲁迅的回忆文字，是鲁迅研究的宝贵遗产。我把它收集起来变成现在的这样一本集子，以纪念明年鲁迅诞生120周年，同时也寄托我们对两位老人和大姐的怀念。

2000 年 11 月 19 日于北京求是书屋

补记

正在校阅本书清样时，看到河北教育出版社由孙郁、黄乔生先生主编的《年少沧桑——兄弟忆鲁迅》一书，在"编写后记"中，黄乔生先生写了这样一段话：

读者读了本卷所收建人的文字，再对比另一卷中许广平回忆鲁迅的文字，一定会有这样的感觉，周建人对鲁迅的了解远远不如周作人和许广平。

感到不能不说几句话，我不太清楚黄先生说这样的话的标准是什么，鲁迅、周作人、周建人是三兄弟，但三人所走的道路却不同，鲁迅和周建人走的可以说是同一个方向，同一条道路，而周作人却走的是相反的道路，虽然前一段曾经同过路，但毕竟后来分开了。我想读者一定也会有这样的感觉，如果不存在偏见的话，周建人和鲁迅的心是相通的，而他们对周作人都觉得难以理解。读者更难以理解，周作人是怎样了解鲁迅的。一个在上海为民族的解放斗争而奋勇斗争，一个躲在日本帝国主义的淫威下苟且偷生。如果周作人真能了解鲁迅，何至走到那一步。至于周建人回忆鲁迅的文章确实不是太多。了解不了解也不能以回忆的文章的多寡而论。周建人曾经在一篇文章中写道："我一直把他当作很普通的人。大家在鲁迅日记中可以看到，他几乎经常给我写信。但是，在鲁迅的书信集中，没有他给我的信。那就是说，我看过他的信后，随即就毁掉了，没有保存一封。固然，环境的恶劣也有关系。但也不全然，我当时并不认为这些信有什么了不起，无非谈些家常，谈些思想，谈些所遇到的人和事，太普通了。"读者不觉得在这种普通中包含着对鲁迅的了解吗？

2001 年 8 月 25 日

怎样讲读鲁迅的文章

学习鲁迅文章必须和鲁迅的时代联系起来，否则会曲解鲁迅的思想。鲁迅第一本小说叫《呐喊》，呐喊什么？就是呐喊救救中国，救救孩子。讲读鲁迅的文章不能就文章论文章，必须了解文章的时代背景。例如，有的老师讲《从百草园到三味书屋》一文时说，孩子们在百草园玩得很欢，到三味书屋，说明还是要坐下来学习。好像是为了教育孩子不要忘了学习，但却违背了鲁迅原来的思想。鲁迅是把儿童的天性与旧时代死记硬背的教学方法对照起来。孩子们即使在三味书屋里也不喜欢死读书，而是喜欢到三味书屋后面的小园里去玩。这篇文章中还写到他的老师寿敬吾先生。鲁迅怀着崇敬的心情描写了寿敬吾先生慈祥的态度和对孩子们的爱护。孩子们偷偷地到后园玩了，他从不责备，只喊一声："人都到那里去了？""读书！"虽然教学方法是旧的一套，但寿敬吾先生从不常用戒尺、罚跪之类的封建教育手段。讲《孔乙己》一文，有的老师认为孔乙己是弱者，社会没有爱心，大家在嘲笑一个弱者。却不了解科举已经废除好多年了，鲁迅为什么还要写孔乙己这样一个秀才？其实鲁迅是在鞭挞旧社会，鞭挞科举，科举把人变成了鬼。科举制度虽然已废除多年，但它的残余思想一直残留在大众的脑袋里，甚至直至今天。说孔乙己是弱者，大家嘲笑一位弱者。但孔乙己，并不认为自己是弱者，而是认为自己是高人一等的人，他看不起店里的小伙计和其他人，他不愿意脱下长衫，不愿参加劳动。当然文章也抨击了当时社会的不良风尚。

鲁迅一直说辛亥革命没有成功，一直在解剖国民性，为的是要唤起民众，改造社会，让孩子自由地活动，幸福地生活。老师讲课要把鲁迅这个思想讲出来。

今天我们为什么要学鲁迅？鲁迅离开我们已 86 年了。鲁迅代表了一个时代的思想。所以人们在他死后的棺枢盖上覆盖着"民族魂"三个大字。我们也可以问：今天我们为什么要学孔子？孔子离开我们更远了，已二千多年了。因为孔子也是代表一个时代的思想，他所创立的儒学是中华文化的代表，而且影响至今。郁达夫曾经这样说过，一个民族没有伟大人物是一个民族的悲哀，如果一个民族忘记了自己的伟大人物，这个民族就没有希望。（大意如此）所以学习鲁迅一定与他的时代联系起来。

2022 年 4 月 11 日

鲁迅的小邻居俞芳

　　"文革"期间我读完了《鲁迅全集》，觉得鲁迅有许多精辟的教育思想，萌发了开展鲁迅教育思想研究的想法，并在 1979 年第一次全国教育规划会上立了项。当时负责教育规划的是中央教科所的王铁。他宣布这次规划没有经费，"谁烙饼谁吃"。于是我只好自己动手搞起来。

　　一天，家里来了两位客人，一位是杭州大学教育系教师金锵（后任杭大副校长，教育史研究教授），一位是杭州学军中学校长俞芳。他们也想研究鲁迅的教育思想，专门到北京来访问鲁迅三弟周建人。我们见面，一拍即合，于是就合作共同研究。我们分了工，我研究并撰写鲁迅的教育实践和教育思想部分，他们两位访问鲁迅健在的学生和认识鲁迅的人。经过两年的努力，终于在 1981 年鲁迅诞辰 100 周年之际,《鲁迅的教育思想和实践》由人民教育出版社出版发行,封面请周建人题了书名。此书分三部分:第一部分是鲁迅从事教育工作的实践;第二部分是论述鲁迅的教育思想;第三部分是鲁迅的学生忆鲁迅。 前两部分的研究是否确当,大家还可以研究讨论。"鲁迅的学生忆鲁迅"部分是十分宝贵

《鲁迅的教育思想和实践》

的记忆。有川岛、唐弢、冯至、许钦文、黄源、李霁野等的回忆录,都是 20 世纪 30 年代文坛的著名人士。这些学生在俞芳他们访问不久就相继离世了。这部分内容现在已经成为珍贵的研究资料。此书我们在 2000 年夏天又进行了修订。俞芳、金锵又认真审读了一遍。新版增加了"鲁迅教育论著选编",于 2001 年鲁迅诞辰 120 周年时出版。

俞芳,鲁迅的小邻居,小朋友。1923 年鲁迅与周作人决裂后,搬出了八道湾,搬到了砖塔胡同 61 号。房东就是俞芳三姐妹,当时俞芳才 12 岁。鲁迅虽然只住了 10 个月,

却写了《祝福》《在酒楼上》《幸福的家庭》和《肥皂》四篇小说。而且在和俞芳姐妹的交往中给她们留下了极为深刻的印象。后来鲁迅搬到阜成门内西三条胡同21号。俞芳与鲁迅一家仍有往来，鲁迅南下后，俞芳还经常去看望鲁迅的母亲鲁老太太，和鲁老太太聊天，帮助鲁老太太给鲁迅写信等。所以俞芳很了解鲁迅一家的生活。1981年俞芳编写出版了《我记忆中的鲁迅先生》一书，讲述了她和鲁迅交往的故事，使我们认识到了鲁迅的另一面。大家都以为鲁迅是非常严肃的人。但从俞芳讲的故事中，可以看到，原来鲁迅是一个非常有童心、有情趣的人。他经常给俞芳和她的妹妹讲

金锵、周蕖、俞芳、作者合影（左起）

故事，讲笑话，送玩具，教她们学习，教她们讲科学。

我和俞芳、金锵合作以后，我们就成了忘年之交。俞老每年春天都要给我们寄来西湖的新茶。我们每次到杭州去，不可或缺的一件事就是去拜访俞芳老人。特别是 2001 年我受聘为杭州师范大学学术委员会主任以后，每年到杭州都会去探望她。她虽然年事已高，但不忘学习，了解国家大事、当前教育动态。每天都要看几份报纸。我去了，总要与我讨论教育中的问题。我们还常常聊聊当年鲁迅家的故事，聊聊当下的时事、教育、家长里短，并且有好几次她留我们在家里吃饭。2011 年春天，我们和金锵在俞老家里为她庆祝百

金锵帮助俞芳切百岁生日蛋糕

岁寿辰，十分欢乐。

俞芳还是我们北京师范大学的校友，她1935年毕业于北京师范大学数学系，后来到浙江的中学任教。抗战期间，在艰苦的岁月里培养了许多爱国青年。作家金庸就是她的学生，曾写文回忆俞芳老师教书的情景。1995年，金庸到杭州还专门去拜访这位老师。新中国成立后，她在杭州大学数学系、杭州大学附属中学，也就是后来的学军中学教书，曾任学军中学校长。2011年7月，她一百岁寿辰，学军中学为她举行了庆祝百岁寿诞大会，金庸专门写了一首七绝，铭感俞芳老师的大恩：

> 金戈铁马儿女情，百变千端合人心。
> 代数几何符逻辑，细思其理感大恩。

我特地报告我校领导，北京师范大学校友会派人专程去祝贺并送了寿礼。周令飞和海婴夫人也去参加了，可惜我们未能出席。第二年6月，她不幸过世，享年101岁。斯人已逝，音容犹存，我们永远怀念她。

2022年4月28日

永远的怀念
——我们的父亲周建人

　　建老今年诞辰 130 周年，他离开我们已经 34 年了，我们永远怀念他。他的离去除了留给我们几百册图书以外，没有什么物质遗产，但是他的精神遗产却非常丰富。它时刻激励着我们不忘初心，努力学习、勤奋工作，为人民做点有益的事情。

自学成才的典型

　　建老年青时代生活非常坎坷，早年失去了父亲，读完小学以后就没有能再上学。原本在会稽学堂毕业以后，准备参加绍兴府学堂的入学考试。但没有想到，在安排好家务以后走到学堂门口迟了一步，学堂大门已经紧闭。从此失去了上学的机会。当时两位哥哥都在日本留学。他也很想走出家门，到外面去求学。但是两位哥哥都劝说他留在家里照顾孤寡的母亲。于是他背负起了家庭的负担。建老晚年和我们谈起这件事，还觉得遗憾不已。

鲁迅鼓励他自学植物学。据建老回忆，鲁迅认为学习植物最方便，因为到处都有植物。为此，他从日本专门给建老寄去了多本植物学书籍，其中四本植物学名著是：第一本是德国施特拉斯布格等四人合著的《植物学》，这是世界上最有名的第一本植物学，是英文译本；第二本是英国人写的《野花时节》精装本，图文并茂，非常精美；第三本是 Jackson 编的《植物学辞典》；第四本是《植物的故事》。还寄给他一架解剖显微镜。于是建老开始植物学的研究，并开始自学英语。他在担任绍兴僧立小学校长、师范学校教员的时候，总会带领学生到郊外采集植物标本。

1919 年年底，鲁迅三兄弟把绍兴老屋卖了，全家搬到北京。建老就在北京大学旁听哲学，并翻译自然科学著作。1921 年 9 月，经蔡元培介绍到上海商务印书馆编译所工作。他一面工作，一面学习。在商务印书馆二十多年的时间里编写了中学《植物学》课本和许多科普读物，成为当时有名的生物学家。解放后又与叶笃庄、方宗熙共同翻译了达尔文的《物种起源》。

鲁迅的亲密战友

建老在商务印书馆工作期间，就认识了早期的共产党人杨贤江、沈雁冰等人。1923 年 12 月经沈雁冰介绍，认识了瞿秋白，并应瞿秋白的邀请到上海大学教书，讲进化论。

1927 年鲁迅定住上海后，建老与鲁迅共同战斗，成了鲁迅的亲密战友。在那"白色恐怖"的年代，鲁迅一直受到反动派的监视。所以鲁迅的许多来往信件，往往通过建老转达。1931 年秋，瞿秋白又来到上海，就住在鲁迅家里。他们一见如故，成为知己。一段时间里，瞿秋白为了躲避特务的追捕，有时住在鲁迅家里，有时住在建老家里，时常转移。1935 年春天的一天，建老忽然收到一个白色洋信封，寄自"福建长汀监狱"。信中署名林其祥，但笔迹是瞿秋白的。知道不好，马上设法通知以食品工厂工作为掩护的杨之华，并与鲁迅商量营救。可惜未能成功。为此他和鲁迅都无比地气愤，也更加认清了国民党反动派反人民反革命的本质，更坚定了他们走革命的道路。

1930 年，建老与鲁迅一起参加了济难会、自由运动大同盟以及中国民权保障同盟的很多活动。"济难会"全称"赤色济难会"，宗旨是救济贫苦大众。该组织与共产党的地下组织有密切的联系，因此受到国民党特务组织的围攻与迫害，活动被迫中止。

1932 年，宋庆龄、蔡元培、杨杏佛发起成立"中国民权保障同盟"，鲁迅和建老都参加了筹备工作。接着，中国民权保障同盟上海分会成立，宋庆龄、鲁迅等被选举为执行委员，建老等三人为调查委员。中国民权保障同盟反对国民党政府迫害进步人士，营救被捕的共产党员和爱国民主人士，争取言论、出版、结社、集会等的自由。

建老在上海商务印书馆工作期间，和鲁迅并肩战斗，他们共同为中国文化建设和人民解放事业而战斗。

民主运动的战士

抗日战争爆发以后不久，建老就失业了。但他仍然积极投入抗日救亡运动。在上海孤岛时期十分艰难的日子里，他和留在上海的文化教育界爱国人士一起，秘密组织"马克思主义读书会"。据建老回忆，参加的有孙冶方、冯宾符、江闻道、赵静、陆缀雯、邵景渊、胡学、吕金录、宋家修等同志。学习了《反杜林论》《资本论》。还没有学完，形势紧张起来，被迫停止了。

那时建老贫病交困，不仅失业在家，而且肺病缠身。他想到解放区去。陈毅同志知道了，派人送来一千元钱，劝他不要去解放区，那里太艰苦，还是在上海养病为宜。

抗日战争的胜利，给全国人民带来了光明和希望。建老立即与许杰、许广平等人发表《我们对于处置敌日在华商人的意见》，提出严惩战犯、赔偿文物图籍、财产与土地损失等六项要求。12月，发表《论历史行进的方向》《漫谈一党专政》等文章，呼吁民主，要求结束国民党一党专政。

这一年，根据中共地下党的意见，建老被介绍到开明书店工作，并先后在生活书店、新知识书店担任编辑。在这期间他在《民主》《周报》《新文化》和重庆的《新华日报》上发表了多篇纪念鲁迅的文章和抨击国民党反动派的文章，反对国民党卖国、独裁、内战的政策。他和我们谈起，他特别反对国民党反动政府给外国人的"内河航行权"，认为这是侵犯我国的主权。他还反对"五家联保法"和"警管制"等法西斯政策。据统计，从 1945 年至 1948 年的 4 年中，他撰写的关于和平民主运动的政治文章，总数在百篇以上。

1945 年年底，建老与马叙伦、王绍鏊、林汉达、徐伯昕、赵朴初、陈巳生、梅达君、严景耀、雷洁琼等知名爱国人士，深切认识到在与反动派作斗争的过程中有组织的必要，于是于 1945 年 12 月 30 日正式成立了中国民主促进会。此后建老积极参加争取民主、反对内战的群众运动。

1948 年秋，根据党中央的指示，建老一家悄然离开上海，乘船北上到达天津，辗转到达河北平山县李家庄。

坚守人民的公仆

新中国成立后，建老先后被任命为出版总署副署长、高教部副部长，1958 年被浙江省人民代表大会选举为省长，1964 年被第三届全国人大选举为副委员长。他身居高位，但一直坚守人民公仆的本色，勤奋工作、清正廉洁、不断学习。五六十年代他请西泠印社刻了几枚印章："学然后知不足""兼听则明""独立思考""明辨是非"等，表明了他的心境。他工作认真，重视科学方法。在任高教部副部长时负责农林卫生方面工作。中国农业大学的校址就是他选定的。他认为农业大学既不能离开农村，又不能脱离城市。农业大学学生要实习，不能没有试验田；但要研究科学种田，又必须有先进的科学技术和实验设备，更重要的是要了解世界农业发展的信息，因此不能脱离现代化城市。经过周密调查，选定了北京北郊现在的校址。当然，这里现在已变成城市中心，当时却是离城几十公里的郊区农村。

1958 年，他到浙江工作，我们见面少了。但他来京开会，都要和我们谈到在浙江的工作。他特别关心农民的生活，特别是在三年困难时期，看到许多农民饥饿逃荒，心里非常痛苦。同时他本身是知识分子，所以十分关心知识分子的工作，结交了许多朋友。他告诉我们，浙江大学的陈建功教授是我国著名的数学家，他在日本留学时的老师都以有陈建功这样的学生而自豪；他很赞赏女作家陈学昭，说她是很有天赋的作者；他还告诉我们，京剧演员盖叫天别树一帜，他的拿手好戏《武松打虎》达到了很高的艺术境界，使人百看不厌。

他身处高位，却时时以一个普通百姓的身份看待自己。他当省长以后，每次来京开会都是坐在普通客车里，和群众在一起。他很少到疗养胜地去休养。他总是对我们讲："现在国家经济不发达，人民生活还有困难，我不能安心花国家的钱去休养。"在我们的记忆中，三十多年中他只有两次短暂地到休养地住了几天。一次是 1957 年到北戴河，本来要住两个星期，但因为要访问尼泊尔，住了几天就提前回来了。另一次是 60 年代末的一个暑天，因杭州太热，到附近莫干山住了几天。三年困难时期，他已年逾古稀，中央为照顾他的身体，劝他到青岛或大连去休养，他都拒绝了。

他对群众十分关心。70 年代初，他回到北京工作，先住北太平庄 4 号，后住护国寺 23 号。23 号住所墙上原本有铁丝网，他搬进去以后就让人把它拆除了。他还经常让秘书到邻居家里听取意见。有一次，邻居反映烧暖气的锅炉鼓风机声太大，影响休息。他就立即让人把鼓风机移到里面，靠近自己的卧室。这个消息被北京消声器厂的几位青年知道了，写信给他，要为他装一个消声器。建老知道后很感动，立即写了一封长信感谢他们，并说问题已经解决，消声器已不需要，同时热情洋溢地对青年人寄予希望。他在信中说："鲁迅几十年前就说过：'将来必胜于过去，青年必胜于老人。'虽然也有人说这是进化论思想，但我还是相信这句话是正确的。……青年要胜于老人，否则，社会就不会前进。……希望青年们能像达尔文从事科学那样，富有探究真理的精神能力和精神状态，这样，不管各人的能力有大小，总会做出造福于人类的成绩来。在我们社会主义祖国，青年前途是光明的，是可以大有作为的。"这两封信都被发表在 1981 年 11 月 30 日的《北京晚报》上，在青年中引起了巨大的反响。

　　他喜欢和青年谈天说地。他在建国初期给《中国青年》写过多篇文章，指导青年学习，讲鲁迅的故事。有一次他和我们谈到如何正确处理博与专的问题。他说，博与专是辩证的，有了广博的知识，才能在某一个方面钻下去，达到精专。对某一个学科钻研得精深了，就觉得需要与其他学科相联系，需要学习更广博的知识。他还讲到外行与内行的辩证关系。1972 年的一天，北师大二附中师生请他去座谈，他就说，老师一定要做教育的行家。他说，毛主席曾经说过，总是外行领导内行。那是因为一个人不可能样样都懂得，他只能懂一门学科、一个行业，因此当领导的不可能样样都懂得。但是完全不懂行，没有知识、没有学术总是干不了事情的。他批评了当时的"读书无用论"，希望老师要成为教育行家，学生要努力学习。

学而不厌，精益求精

建老晚年因眼底出血，几近失明，不能读书。对他一个知识分子来说，内心是极为痛苦的。他托张维教授到德国买回高倍放大镜，吃力地一个字一个字地读书，写文章。往往两行字写得重叠起来，我们再帮他辨认。

他读书十分严谨，一丝不苟，而且独立思考。他曾经想重新翻译《共产党宣言》，买来了英文版、德文版，细细对照。视力还好的时候已经开始，因此有一本英文版的《共产党宣言》上写满密密麻麻的注释。这本手稿，我们送给了民进中央保存。他读其他经典著作时也总要与原文对照起来，有时会发现翻译得不准确。例如，他说恩格斯在《反杜林论》序言中批判形形色色的"创造体系"时，有这么一句话："近来在德国，天体演化学、自然哲学、政治学、经济学等等体系，雨后春笋般地生长起来。"建老认为，"雨后春笋"翻译不准确，不符合原意。原意是"如菌类一样繁殖起来"。"雨后春笋"是褒义词，欣欣向荣的意思，但恩格斯的原意是这些"创造体系"泛滥于一时，是很快就会消失的。1981年《物种起源》重新印刷时，他给《北京晚报》写了一篇短文，说："我译的一部分一定会有许多不妥处，希望读者予以指正，并希望以后会有更好的译本。"

他喜爱读书，喜爱学术。我们整理他的遗物时，发现了许多他用透明纸描绘下来的植物标本，他一定是想再写一本植物学的书。他常常跟我们谈起，希望到大学去工作，最好当个图书馆馆长，能够天天接触到书籍。

提倡科学，反对迷信

他是一位科普作家，写过许多科学小品，有的已选入小学课本。科普作品既要有科学性，又要有艺术性、可读性。有时要纠正一些流行的不正确的说法。例如，民间传说，老虎的本领是猫教的，但留了一手，没有教它爬树，所以老虎不会爬树。建老根据许多科学资料，说明老虎其实是会爬树的，不过轻易不爬就是了。于是写了《泛谈老虎》一文。

科学需要独立思考，不能盲从。例如，关于语言和思想的问题，斯大林说过，语言是思想的外壳，思想不能离开语言而存在。建老认为这个判断不科学，他用确凿的事实，说明思想先于语言。在 91 岁高龄时写了《思想科学初探》，发表在 1979 年 6 月 13 日的《光明日报》上。学术界认为这是我国第一次提到思想先于语言的理论文章，有很高的学术价值。

他反对迷信，多次给我们讲"河伯娶妇"的故事。相传春秋战国时代有一个大名家叫西门豹，他到一个地方做县令，发现那里巫婆、三老作怪，假托"河伯娶妇"，强选民间少女投入河中，以愚弄百姓，榨取钱财。西门豹听了很气愤，想法治他们一下。临到河伯要娶妇那天，他就说，河伯认为选的女子不好，要大巫、三老先去商量一下，于是把大巫、三老投入河中，从而破除了"河伯娶妇"的迷信。他在改革开放以后写了许多小品，宣传科学，如《迷信由来初探》《计划生育与传宗接代人》等。20 世纪 80 年代初，社会上出现一般特异功能风，说什么耳朵识字、意念驱动物体，等等。建老特别反感，认为这是伪科学。

要破除迷信，就要学科学。他认为，中国要实现四个现代化，人们的思想观念要改变，思想要革命，克服落后的、旧的思想观念。这可以说是继承了鲁迅对国民性的讨论和革新。我国传统文化是十分优秀的，但封建统治时间太长，许多封建旧思想残留在人们的头脑中，需要革新，才能适应时代的要求。改变思想观念要靠科学。他呼吁人人要学科学、爱科学。他生前最后一次给一个小学的题词就是"从小学科学、爱科学"。学科学要靠教育。他在《略谈智慧》一文中写道："教育决不是可有可无的事情，它关系到全民族的文化水平的问题，也关系到能不能充分发掘中华民族的智慧问题，关系到今后我国民族的质量问题。"1983 年发生了一起重庆市长寿县云台中心校女教师被殴打、侮辱的事件。他知道后十分气愤，立即给《光明日报》写信，要求严肃处理歹徒，呼吁全社会尊重教师的劳动，关注教师的权益和人身不受侵犯。

建老是一个从不迷信，彻底的革命家。他把一生奉献给了科学，奉献给了人民。他临终之前嘱咐我们，丧事从简，不搞遗体告别，遗体送医学院为学生学解剖学时用，最后骨灰撒到大海中。

建老一生忠于党，忠于人民。他喜好书法，20 世纪 60 年代视力好的时候，书法两个册页，一册书录了毛主席重要语录，此册现存民进中央；另一册书录了毛泽东诗词，此册现存绍兴鲁迅纪念馆。记得他生前写的最后一幅字是"没有共产党就没有新中国"（写于 1983 年，发表在 1984 年 4 月 4 日《人民政协报》上）。

建老的精神永垂不朽，他的精神遗产，我们将永远继承和发扬！

周　菓　顾明远

2018 年 2 月春节前夕

本文为纪念周建人诞辰 130 周年而作

往事回忆

童年的记忆

1932 年，我出生在上海。那时鲁迅住在大陆新村，和我家有一定距离。据我母亲回忆，我父亲是经常去鲁迅那里的，而我母亲和孩子每周六都会去一次。三个孩子一起去怕太吵闹，父母每次只带一个。因此，我要三个星期才能见到鲁迅一次。海婴比我大三岁，我每次去鲁迅家，就是和海婴一起玩。当时我还太小，懵懵懂懂的，对事情没有什么记忆。鲁迅去世时我才四岁，对人的死亡似懂非懂。母亲抱着我去给鲁迅送葬，我认为鲁迅伯伯睡着了。但送葬时有许多挽联，放到家里，心里还是感到了一种与平时不同的气氛。有一天晚上做梦，梦里听到鲁迅伯伯正从楼梯上一步一步走上来，我害怕地惊叫，让爸爸快把我藏起来，藏到抽屉里。啊！光阴易逝，一晃85年过去了！想来今天世上亲眼见过鲁迅的人恐怕只有我一个人了。

在上海我们搬过多次家，最后住在福煦路（现延安中路）四明村。我在那里上了小学和附近的培成女中。两个姊姊也在那里上过学。因为上海形势险恶，我们在学校里填写家长姓名时都用了假姓氏。抗日战争时期父亲失业在家。有时会有一些朋友来，记得梅益、潘梓年来过我家，具体大人们谈些什么我就不得而知。抗战胜利后，大姊（周晔）先是在之江大学读书，后来转到圣约翰大学。圣约翰大学是一所基督教办的贵族学校，学费很贵，按我家的经济条件是不可能让她上这样的大学的，我现在猜想是党安排她去做学生的工作。1948年夏天她走了，也许去了解放区，一年后才得以重逢。

从黑暗走向黎明

1948年秋天，辽沈战役、淮海战役打得正酣，国民党惶惶不可终日，上海形势愈发紧张。大约10月的一天，我已经上学了，父亲赶到学校给我写了一个假条把我接了出来。父亲、母亲、二姊和我与艾寒松一家（夫妇两个和女儿）登上了去北方的海轮。我们在海上漂泊了好几天后到了天津，父亲扮作了商人，住进一家旅馆。艾寒松联系到了党的交通员，一位年青人，带我们两家人坐上一只渔民小船，到了台头镇渔民家里。路上曾遇到国民党士兵查问，我们就说是商人回乡探亲。那时形势相当混乱，这些士兵其实也知道我们要去解放区，不过已无心仔细查问，无非想要点外快。但我们匆匆离家，随身一无所有，艾寒松把仅有的一支钢笔给了他，总算放我们过去了。因为此地不安全，我们在渔民家大炕上度过一个不眠之夜后就又急忙上路。带路的同志专门为我们雇了一辆带胶皮轱辘的大马车让我们坐在上面，我吃了一颗药就躺在铺盖卷上昏昏沉沉地睡着了。就这样也不知道颠簸了多长时间，一天到了泊头，听大人说这里较安全了。又在大车上坐了好几天才到了石家庄。中央交际处把我们安排在招待所，是一所日本式的房子，可能是日军占领时盖的，有拉拉门、榻榻米。艾寒松一家就在这里与我们分手了（解放后他曾任江西省教育厅长）。在石家庄住了几天，说还是不太安全，傅作义的马队几个小时就能到达。于是我们乘卡车到了平山县李家庄。那里是中央统战部驻地，离西柏坡有几里地，不少民主人士都住在那里，与我们同在的有吴晗、胡愈之、沈兹九等。1949年元旦，中央在西柏坡开联欢会聚餐，我们受邀到会，第一次见到了毛主席和中央领导，就餐时我就坐在刘伯承旁边。有一次看戏，又见到了毛主席。二姊周瑾因为是上海医学院药学系毕业的，不久就被分配到军委卫生部。我那年16岁，本来想在当地上学，但李维汉说："北京马上要解放了，到北京去上学吧。"

周建人夫妇在中央统战部驻地李家庄

走在光明的大道上

1949 年 1 月底，北京和平解放了。我们一批民主人士和家眷坐上一辆大卡车去，走了两天，夜间住在一家大马车店上，大家都挤在一个大炕上。一路上看到整编下来的傅作义军队士兵，路上还很危险。1 月 30 日晚上约 10 点到了清华大学，睡在一间教室里。1949 年 1 月 31 日解放军进城，我们清早赶到北京前门箭楼上观礼，亲眼目睹了解放军进城的壮观场面。北京市民对子弟兵表达出来的热烈真挚的感情我至今还记忆犹新。

进京后，我进入贝满女中（今 166 中学）上学。1951 年毕业后，我本来已经考取清华大学经济系，后又被派到苏联留学。开始我被安排在莫斯科印刷学院学习，但那里教的是俄文的编辑和出版，不适合我国的情况，所以第二学期我就转到莫斯科列宁师范学院教育系学前教育专业。1956 年学成回国后我被分配到北京师范大学教育系学前教育专业工作。1961 年，教育系成立外国教育研究室，即现在国际比较教育研究院的前身，翌年我就被调到该研究室工作，一直到 1995 年退休。

解放后，我母亲到上海旧居整理东西。居然在上海车站

进城后与许广平、周海婴在北京饭店

偶遇大姊周晔，真是喜出望外。至此全家才得以团聚。

新中国成立后，我父亲一直以民主人士的身份在政府工作，直到 1966 年，周恩来总理亲自宣布他中国共产党党员的身份，我们才知道他是 1948 年 4 月入党的秘密党员。他内心其实一直想做一个普通的教师，想到大学工作，最好做图书馆馆长，多读一些书。他骨子里还是读书人啊。

周蕖口述，顾明远记录

2021 年 11 月 13 日

第五章

忆友人

怀念挚友陶西平

怀念老同学老战友陶卫同志

怀念陈元晖先生

捧着"一颗心来，不带半根草去"的楷模

——读《黄济才传》后

亦师亦友忆黄济

忆华老太

陶行知教育思想的践行者方明

成人教育学科的拓荒者

——纪念关世雄同志

《朱小蔓文集》序

怀念挚友陶西平

去年 10 月 25 日参加第 6 届中小学校长大会时，我们匆匆见了一面，他说第二天要住院了。因为他要作报告，我们没有来得及好好交谈，没有想到，这次见面竟成永别。昨天清晨噩耗传来，不胜悲痛。

我第一次认识陶西平，是在 1980 年。我任北师大教育系主任，为了深入教育实际，学习基层经验，访问了北京市第十二中学。陶西平校长向我介绍了"文革"以后学校如何恢复教育秩序，狠抓教育质量。还介绍学校为了解决经费困难，办起了校办工厂，为香港一家企业进行西洋参加工。那次访问给我的印象特别深刻。不久他升任北京市教委主任。因为同在教育战线工作，时有见面交往。以后他任北京市社科联主席，我们的交往就多了起来。

陶西平身处要职，任北京市教委主任期间，为北京市基础教育的发展作出了重要贡献。卸任教委主任以后，我看他更加忙了。作为全国人大代表，为教育呼吁；担任联合国教科文组织协会副主席，奔走于世界各国之间，加强了中外教育合作交流。

西平对我的支持和帮助实在太大了。21 世纪初，我任中国教育学会会长，他届任副会长，热忱支持教育学会的工作。虽然他身兼许多社会要职，活动十分繁忙，但都积极参加学会的年会、校长大会和各种论坛、座谈等活动。许多论坛请他作报告，他都认真准备，自己制作 PPT。他的报告视野开阔，高瞻远瞩，常常把国外的见闻融入教育理念之中，每次都有新的观点，给人以启发，而且 PPT 图文并茂，深入浅出，深受广大老师的欢迎。

西平特别支持民办教育事业。他认为民办教育应该是我国教育体系里的重要组成部分，有利于教育体制的改革。北京师范大学附属实验中学王本中校长退休后，想为教育事业作出点贡献，发起成立了圣陶教育发展与创新研究院，邀请西平任院长、名誉院长，他欣然同意。2016 年北京明远教育书院成立，邀请他为学术委员会主任，他也欣然答应，并且为研究院、书院的发展出谋划策，指明方向。

作者与陶西平

　　北京师范大学成立明远教育基金，西平是理事、特邀顾问兼明远教育奖评审委员会主任。他竭尽全力地支持基金会工作，不仅为基金会的发展出谋划策，而且认真参加理事会和历届明远教育奖评审工作。

　　近些年来，我看他越来越忙了。多次率团出国参加联合国教科文组织总部组织的知名高中校长论坛，参加北欧知名中小学校长论坛等活动，率领北京中小学金帆乐队去参加国际青少年活动。前年直肠动了手术，术后依然奔波于国内国外，情怀教育，不辞辛劳。特别是去年春节前，从英国回来刚下飞机，又赶到宁波去参加活动，结果春节前在三亚发病。我劝他多休息，不能这样频繁参加活动。他答应说，今年什么活动都不参加了，但是第四届明远教育奖评审工作，一定要参加。果然，8月20日他带病来参加了理事会和评奖活动。着实让我感动。特别令我感动的是，去年5月11日，我在北京市35中参加高中教育50人论坛，西平知道了，晚上特地赶到35中来看我，我们就共同在35中吃了朱建民校长亲手做的炸酱面，这是我与他最后一次同餐。我们的情谊，实在难以用言语来表达，他的去世让我悲伤不已。

我非常怀念我们在一起活动的情景。特别是前几年，我们作为国家教育咨询委员，到了云南大理、四川凉山、青海等贫困地区去教育调研，参观访问了许多学校。西平是位摄影家，他不仅拍摄了学校师生活动的场景，而且捕捉了祖国大好河山的美景。在青海黄河源头还抓拍了我们的镜头，回来以后特意放大，做了镜框送给我。现在一直放在我的起居室里，看到它，就想到我们的友情。我们走在一起，是因为我们有共同的理想，就是希望我们的孩子健康成长、幸福生活，将来奉献祖国。在40年的交往中，发现西平真是博学睿智，儒雅风范。不仅有丰富的教育经验，而且视野开阔，思想深刻，总是站在教育发展的前沿，具有很强的教育领导力。我向他学习了许多东西。他对教育事业的热情和不辞辛苦的奋斗精神，值得我们钦佩和学习。他的逝世是我国教育事业的重大损失。为了纪念他，我们只有努力工作，早日实现教育现代化。昨天仓促中写了以下几句：

祖国情怀，世界眼光，博学睿智，奉献教育终身；

共同理想，交谊四旬，相济相助，泪送挚友仙逝。

2020 年 5 月 20 日

原载于《中国教育报》2020 年 5 月 25 日

怀念老同学老战友陶卫同志

昨天噩耗传来，老同学陶卫走了，不胜悲痛。七十年的老同学啊，又是一起在教育战线工作中的老战友啊，就这么走了！回想过去，不禁浮想联翩。

想起新中国成立之初，我们在和平门外老师大校园里的生活。我在教育系，他在化学系学习。虽然不是同一个专业，但那时学校里学生很少，全校只有一千多名学生，而且几个文科系都在文化街二院上课，在和平门的同学就更少了，所以我们彼此非常熟悉。他毕业以后留校工作，我因去苏联留学，1956年回来也留在北师大工作，又同在一个屋檐下。

1958年5月，北师大党委派王焕勋教授到师大附中任校长兼支部书记，开展"教育大革命"。暑假，又派了陶卫等约40名师生去附中搞"教育大革命"。王焕勋邀我去帮助他设计教改方案，结果把我留下任教导处副主任。留下的还有陶卫任副主任和几位师大应届毕业生。当时教导处主任蒋伯惠同志因病休息。学校具体工作基本上由我和陶卫负责，陶卫负责教学和高中，我负责班主任工作和初中。从此我们又在一起，整整工作了四年。我们配合默契，合作愉快。我因为留苏耽误了入党，还是他和钱曼君介绍于1959年在附中加入了光荣的中国共产党。陶卫工作认真，深入课堂，狠抓教育质量。那时北京市中学"三足鼎立"，师大附中、师大女附中、北京四中是最有名的学校，轮流获高考第一名，竞争十分激烈。1960年师大附中在陶卫的带领下，竟然争得北京市高考第一名，大家都非常高兴。

我和陶卫不仅工作在一起，生活也在一起。那时师大附中只有一幢教学楼，学生基本上都在平房的教室里上课。学校没有暖气，冬天每天早上先要生火取暖。烧的是煤球，那时还没有蜂窝煤。我和陶卫同住在南面教师宿舍的一间平房里，每天要生炉子。我是南方人，开始不会生炉子，陶卫教我，终算学会了。但有时到晚上下班，炉子已熄火，懒得再生火，两人就在冰冷的屋子睡起来。我们在那里同屋住了两年，等他夫人陈俊恬从苏联留学回来，我才把宿舍让给了他们。

1962年我被调回了北师大，他一直留在附中工作。"文革"中受到很大冲击。改革开放后，仍意气奋发，担任附中校长，恢复教学秩序，提高教学质量，为附中的建设作出了巨大贡献。

1984年，我任北师大副校长，负责附属学校的工作。为了加强附校及师大与中小学的联系，学校成立了普通教育处，我就邀请他来任处长。他帮助我做了许多工作，减轻了我的负担。1985年北京燕化公司希望北师大帮他们办一所中学，以稳定那里的技术干部。我和陶卫应时任燕化公司党委书记吴仪同志之邀，访问了燕化公司，当场就无条件地约定创办北京师范大学燕化附属中学，并决定由陶卫负责筹办。从此陶卫与公司领导选校址，盖校舍，招聘校长、教师。学校盖起来以后，燕化公司聘请他任名誉校长，他又帮助学校设计建设方案、学校规程、课程改革、教师培训等工作，可以说费尽心血。这是北师大第一所与企业合作办学的学校，现在北师大燕化附中已经是北京的示范高中。他为学校建设作出了重大贡献，我想北师大燕化附中的师生们一定会怀念他。

20世纪90年代初，师大撤销了普通教育处，陶卫转入北师大教育科学研究所工作。陶卫与所长闫金铎教授开展了五四学制的研究，与学科教学论的专家们共同编制了一套五四学制用的教材，由北京师范大学出版社出版。这套教材

作者与陶卫

是当时提倡一纲多本时全国八套半教材中的一套，专供地方五四学制使用的教材。这套教材在山东诸城、湖北沙市、黑龙江等地使用了约十年，直到新课改开始才停止。在试用这套教材过程中，陶卫带领编书的老师们跑遍了试点的各个省市，向他们介绍教材的特点，帮助他们培训教师。当时还没有高铁，有一些乡村甚至没有公路，工作条件十分艰苦。陶卫那时已年逾花甲，但仍旧热情地奔跑在教育第一线。

21世纪初陶卫退休以后，退而不休，仍然担任北师大培训机构的专家顾问，为培训机构出谋划策、做讲座。他又受邀担任北京中加学校的首任党支部书记，为中加学校的教师队伍建设作出了贡献。

陶卫是北京市名校中的名校长之一，为人正直，待人热情，做事真诚。他满怀教育热情，一辈子从事教育工作。他有丰富的教学经验，在北京市基础教育界有很高声誉。他的讲座既有理论又有实际，讲话生动，很受老师们的欢迎。可惜晚年患糖尿病等多种疾病，淡出了教育界的视线。前年我去看他，他已经走路困难，无法出来活动，心情有点郁闷。我劝他好好休息，保养身体，没有想到他先我而去。悲伤之余，为了纪念，我就写一点这些琐事。

2020年6月9日

原载于《中国教师》2020年第7期

怀念陈元晖先生

陈元晖先生是我的老师，虽然我不是他的直接的门下弟子，但他确实是我的老师。还是在 1962 年，北师大办了一期中国教育史研究班，邵鹤亭、毛礼锐、陈景磐、陈元晖就是这个研究班的老师。当代教育史学界著名学者王炳照、陈德安等都是这个班的研究生。我当时刚从师大附中工作四年后回到教育系任教。我早年留学苏联，在国内教育系没有读完，特别是没有学过中国教育史，因此感到要补上这门课，于是抽空就到中国教育史研究班去旁听，听了陈元晖先生讲中国近现代教育史，后来又认真拜读了他的《中国近现代教育史》专著，使我对中国教育史有了初步的了解。

"文革"以后我们有了更多的接触。中国社会科学院成立以后，陈元晖先生在社科院哲学研究所工作，但对教育时时关心，继续从事教育理论的研究。为了发展教育科学，他与当时中国社科院副院长于光远同志一起，在社科院召开了几次教育座谈会。我当时任北师大教育系主任，他就邀请我参加。我当时年轻气盛（其实也不算年轻了，已近50岁了），在座谈会上总要发表点奇思异想，陈元晖先生不但没有批评我，还支持我鼓励我。我当时说，我国对教育科学不够重视，养猪的有畜牧研究所，吸烟的有烟草研究所，但培育人的却没有教育研究所；各行各业都有学会，连钓鱼都有钓鱼协会，从事教育工作的上千万教师却没有教育学会。我强烈呼吁恢复中央教科所，成立教育学会。于光远、陈元晖非常支持我的发言，并决定开一个教育界的大会来呼吁国家和社会重视教育，陈元晖还推荐我在大会上发言。那就是1978年秋天在公安部礼堂召开的千人大会。与此同时，教育部领导董纯才、张健等同志也在竭力为恢复中央教科所和成立中国教育学会向中央报告。得到邓小平同志的支持，中央教科所很快得以恢复，中国教育学会也在1979年4月成立。陈元晖先生和我都成为中国教育学会第一届理事会的常务理事。

1980年我国建立学位制度，国务院学位委员会成立了学科评议组，评审硕士、博士授权单位和专业，评审博士研究生导师的资格。陈元晖先生就是最早的教育学科评议组成员。1983 年第一届第二次会议我也忝为评议组成员，于是我和陈元晖先生的交往就多了起来。他为人耿直，学风严肃，在学科评议组会议上，总是秉公办事，对学术问题一丝不苟，总会直截了当地提出自己的意见。

陈元晖先生是我们北师大教育系的兼职教授，经常到教育系来讲课，帮助指导博士研究生，参加博士研究生的答辩。我向陈先生学习了许多知识，特别学习了他的为人治学的精神。陈元晖先生学识渊博，精通哲学、教育学、心理学。他治学严谨，在教育研究中坚持马克思主义的立场和方法。在中国教育近代史研究中对帝国主义的文化侵略作了深入的剖析；对我国革命根据地、抗日根据地的教育满怀热情，深入探讨，对新民主主义教育的形成和发展作了深刻的论述。

陈元晖先生晚年患病在家，但仍然念念不忘中国的教育事业，我们去看访他，话题依然是教育。其精神值得我们永远学习。

2013 年 4 月 14 日

"捧着一颗心来，不带半根草去" 的楷模
——《董纯才传》读后

前些日子，我怀着十分激动的心情把教育科学出版社新近出版的《董纯才传》通读了一遍。在阅读此书的时候，董老那慈祥的面容、谆谆的言辞不时地从我脑际里浮现出来。董老忠诚于人民教育事业，"捧着一颗心来，不带半根草去"的精神，常常激励着我努力奋进，继续去耕耘董老等教育界老前辈未竟的事业。

董老是伟大的人民教育家陶行知最赏识的学生之一。陶行知提倡教育工作者应该有"捧着一颗心来，不带半根草去"的精神。董老从晓庄学校到革命根据地，再到新中国成立，一直从事教育工作。他曾是我国教育行政部门的主要领导人之一。他在工作中、生活中始终努力践行陶行知先生提倡的

这种精神。

20 世纪 50 年代，我在北京师范大学教育系读书的时候，已知道董老在晓庄学校时，就在陶行知的指导下一边工作，一边学习。后来他又参加了陶行知主持的"科学下嫁"运动，进行科学普及工作。我当时读了董老的许多文章。他阐述在革命根据地形成的新民主主义教育思想是那么深刻，他提出"培养社会主义全面发展的成员"的教育主张是那么及时，他介绍苏联教育经验是那么详尽，他的文章使我获益匪浅，使我对新中国的教育事业充满了信心。当时我就想，如果能见到董老，和他讨论中国的教育问题，将是何等的快事。不过那时我还仅仅是一个正在读书的青年学生，这个愿望也未免太天真了。

但是这个愿望却终于实现了。那是在 1978 年的秋天，在一次有董老参加的会议上，我建议应该成立一个研究教育工作的团体。这个建议得到董老和与会的陈元晖、于光远等前辈的支持，后经教育部党组同意，很快地就由董老牵头，着手筹备成立了中国教育学会。1979 年 3 月，在中国教育学会成立大会上董老被选为会长，我作为中青年教育理论工作者的代表，被选为常务理事。此后，中国教育学会在董老的领导下团结全国教育工作者开展了教育科学研究，迎来了教育科学的第一个春天，使我国的教育科学研究迈入了一个百花争艳的新时期。我们谁也不会忘记，这片教育科学研究的沃土在开辟时期倾注了董老的许多汗水。

中国教育学会成立后，我接触董老的机会更多了，不仅能常常亲聆他的教诲，而且亲眼看到了他待人的态度和办事的风格。记得有一次我给董老写了一封信，认为不能空谈教育理论，希望能够开展教育实验，在北京办一所实验学校。董老接信后很重视我的建议，于是他就不顾年老体弱，多次亲自驱车去找北京市教育部门的负责人，商谈创办实验学校的事情。这件事情虽然没有办成，但从办这件事的过程中，我认识到董老是一个办事很认真的人。当时，我还是一个年轻人，我真没有想到董老会那么重视我的建议。和他相处，就会觉得他是很平易近人的。同时，由此也可以看出，董老对于进行教育实验是很重视的。

后来，我还在董老的领导下参加了《中国大百科全书·教育》的编纂工作。在这项工作中，董老亲自主持编委会，亲自参与重点词条的讨论，亲自撰写词条。就是在生病住院期间，也没有停止过工作。当时，许多同志都认为，董老是完全有资格立目上书的，唯独他本人坚决反对。其自谦自律，不争个人名利的高贵品格于此可见一斑。我还听说，他主持编撰《中国革命根据地教育史》的时候是在带病工作，他把这项工作看得比自己的生命还要重要。他最后就是因为在深夜审读《中国革命根据地教育史》书稿时感到身体不适才叫来急救车送进医院的。但是在医院里，他仍然关注着《中国革命根据地教育史》的编撰和出版，直到生命即将结束的前三天，还写信给协助他主持此项工作的张腾霄同志，拜托他善始善终地把书写好。

董老辞世时，立下遗嘱，不开追悼会，不搞遗体告别，将遗体送给协和医院或中国医科大学解剖，作为对祖国的最后奉献。

回望董老的一生，他从不计较个人名利，全心全意地为教育事业鞠躬尽瘁。他是又一位"捧着一颗心来，不带半根草去"的楷模。为了学习在董老身上所具有的这种精神，把教育工作搞得更好，是十分需要为他写一部传记的。

也就是在两年之前，我收到董老夫人蒋端方同志托人送来让我转交给教育部袁贵仁部长的一封信。信中说中国科协的一位同志写了一部《董纯才传》的书稿。这部书稿中有关教育方面的内容比较薄弱，希望袁部长能批示有关部门找几位搞教育研究的同志，以这部书稿为基础，充实教育方面的有关章节，完成《董纯才传》的编撰工作。我在转交这封信的时候，建议袁部长能将此事批转中央教育科学研究所负责办理。

后来我听说，中央教育科学研究所（现中国教育科学研究院）责成教育理论研究中心主任方晓东和宋荐戈、李玉非、姚宏杰同志参加此项工作。这几位同志长期从事中华人民共和国教育史和中国革命根据地教育史的研究，其中有的同志曾在董老的直接领导下搞过科研，有的同志参加了《董纯才纪念文集》和《董纯才教育文选》的编辑工作，有的同志撰写过有关董老的文章。他们联合中国科协科普研究所的袁清林同志，在两年多的时间里，重新编制写作提纲，进一步收集有关的文献资料，还找一些当事人、知情人进行采访，终于六易其稿，广泛征求意见，完成了《董纯才传》的撰写工作。

我在通读这部《董纯才传》的时候，深感这部书稿虽然成于众人之手，但文字好似作者一气呵成，无缝对接得非常精妙。书中将董老的一生经历浓缩在二十多万字之中，使用的材料在取舍方面是很得当的。例如，董老在推进学制改革实验时，本来是在北京、辽宁、河北、山东、湖北抓了很多实验点的，这其中也包括了我们北师大的附小。但是在书中，作者没作面面俱到的叙述，而只是选用了北京育英学校、北京育才学校、河北泊头河东南小学、辽宁彰武县四合城中学进行学制改革的前因后果进行深入的重点评介。从中读者可以看到董老关于学制改革主张的合理性、必要性和可行性，从而使读者对董老学制改革的主张有了更加全面、更加深刻的认识。

董老在教育工作中是主张学生要全面发展的。但有些同志顾虑强调全面发展会妨碍实施因材施教①，还有些同志认为董老对因材施教是不重视的。针对这个问题，书中没有过多地引用董老从理论方面进行的论述和解释，只是借用他参加长沙九中召开的高中毕业生座谈会的讲话来说明，在讲话中他指出了贯彻"全面发展的方针并不是要让同学们'平均发展'，在贯彻'全面发展'的方针时，要尊重学生的兴趣和志愿，要鼓励学生发展爱好和特长，引导学生树立为建设祖国需要全面发展的思想"。他还以长沙九中一个高二学生自学了大学的数学，其他成绩也都很好的例子，说明学生的智力发展是不平衡的，是确实存在个性差异的，在全面发展的方针下，是可以实施"因材施教"的。书中还讲了董老对书画神童娄正纲提供帮助和关怀培养的故事，说明董老是很重视因材施教的。他所提倡的"全面发展"和实施"因材施教"是可以统一起来的。

---

① 20世纪50年代初，教育界曾经有过"全面发展"与"因材施教"的争论。

　　在这部书中，对于董老在学习苏联教育经验方面所起的作用和所作的贡献也实事求是地进行了叙述。从中我们可以知道，董老早在东北主持教育部门工作的时候，就率先提出要学习苏联的教育经验，并组织人力翻译苏联的自然科学教材和教育理论著作，提倡中小学要结合中国实际学习苏联学校的教学经验。在当时的历史条件下，这样做对于在东北区建设人民的新教育和学校教育正规化是起了积极作用的。新中国成立以后，在第一次全国教育工作会议上，党和政府确定我国建设新教育的途径之一，就是要"借助苏联教育建设的先进经验"。因此，当董老担任中央教育部的主要领导工作以后，在基础教育方面也是积极推动学习苏联教育经验的。但他一直认为，学习苏联教育经验一定要与中国的实际结合起来。中国革命根据地教育中的一些好经验，如重视思想政治教育，重视劳动教育应该很好地发扬。他还提出，要树立"社会主义教育既是国家的事业，也是群众的事业，既有国家性，也有群众性"的思想，要采用"两条腿走路的办法办教育"。由此可见，他在实际工作中并不是要照搬苏联的教育经验。可是，1958年中苏关系恶化以后，却对董老进行了极不公正的批判。对于这个"学苏"问题，本书通过转述原上海市教育局副局长吕型伟和原民进中央副主席陈舜礼的看法，作出了实事求是的评价。

这部书对于董老在教育科研、教育实验与教育调研以及在科学普及方面的业绩与贡献作了专章叙述。同时在书中把董老重视基础教育、师范教育、成人教育、文字改革的情况，也都如实地向读者展示出来。这样我们就更能体会到，董老几十年如一日，总是在忘我地工作。他"红颜事稼穑，白首犹耕耘"，直到生命的最后时刻，还提醒身边的家属和工作人员"不可闲散，不可怠慢，要全心全意地报效祖国"。

现在，董老逝世已经有二十多年了。当此我国正在贯彻落实中共十七届六中全会精神，办好人民满意的教育，建设教育强国的时候，中国教科院和中国科协的同志撰写的《董纯才传》出版了。这部著作把董老践行"捧着一颗心来，不带半根草去"的事迹和精神作了全方位、多角度的叙述。通过阅读此书，我们对董老这位教育界先辈兢兢业业、克己奉公、鞠躬尽瘁的高贵品质和无限忠诚人民教育事业，生命不息、耕耘不止的工作态度有了更深切的了解。他是教育工作者的楷模，永远是我们学习的榜样。我们要用自己的努力工作来寄托对他的怀念之情。

原载于《教育研究》2012 年第 12 期

亦师亦友忆黄济

黄济是我的学长，我之所以称他为学长，是因为我们都是北师大教育系的学生。他1946年入学，我1949年入学。如果他1948年不离校去解放区，我们不就是先后同学吗。说是学长，其实也是师长。我1956年从苏联回到母校，就在教育系教育学教研室工作。当时教研室主任是王焕勋教授，副主任就是黄济。我虽然在苏联学的是教育专业，但食而未化，对教育理论没有深入理解。回国以后立即上讲坛，都是在黄济学长的领导下，集体备课，钻研教材，才得以完成教学任务。后来教育学教研室编写《教育学讲义》和《教育学阅读资料》，我承担了一部分任务，那时几乎每星期都会到黄济家里去讨论。这种研讨使我向黄济学习良多，收益匪浅。所以，他既是我的学长，也是我的师长。

　　"文革"以后我们的合作就更多了。1979年，我任教育系主任，在"解放思想，实事求是"思想路线指导下，觉得教育系要恢复教育学科的建设，要恢复教育哲学、比较教育，创建教育经济学。黄济就担负起教育哲学重建的任务，从此他开辟马克思主义教育哲学的研究。"文革"以后恢复中等师范学校，教育部要我们编写教育学、心理学教材。学校领导责成我主编教育学，我自知学识浅薄，不堪重任，于是敦请黄济学长协助我，他竟欣然答应。在他的帮助下我们完成了"文革"后第一部中师用的《教育学》。1982年，教育部委托我们在山东泰安组织中师教师的培训。其间我和黄济还一同登上了我国五岳之首的东岳泰山。1986年，时任中国教育学会会长张承先，副会长刘佛年、吕型伟一致要求我主持编纂《教育大辞典》，其中教育哲学卷我认为非黄济莫属，我又请他出山，他又欣然答应，屈尊为大辞典教育哲学分册的主编。他在工作中严谨求证，一丝不苟，保证了辞书的高质量。他的这种不计名利、不计地位、无私奉献的精神，使我非常感动，也使我有信心完成老一辈教育家交给我的任务。至于我们在其他方面的合作，如在学位委员会教育学科评议组中的工作、博士研究生答辩等，更是不胜枚举。

　　以上是我们个人的友谊。讲到他对教育科学的贡献，我想用三句话来概括：第一，黄济是新中国马克思主义教育理论的开拓者之一。黄济称得上是我校教育系在新中国成立后教育科学建设的元老。1949年我入学时教育系规模很小，教师很少，还没有教育学的学科建设。1952年院系调整后，华北大学教育学研究室的老师全部并入北师大，再加上辅仁大学、燕京大学的教育系并进来，北师大教育系才壮大起来。当时教育系举办了大学教师进修班和研究生班。潘懋元、邵达成等是大学教师进修班的学员，王策三、王逢贤、梁忠义等是研究生班的学生。王焕勋和黄济就是这些班的领导和教师。可以说，中国的马克思主义教育学就是从这里开始的。当时学习苏联教育学，虽然苏联教育学存在教条主义的毛病，但毕竟强调了以马克思主义为指导，强调教育科学的党性原则、为社会主义服务的性质。同时，中国共产党的教育方针一直是以马克思主义为指导。所以，中国的马克思主义教育科学就是从北师大诞生。王焕勋、黄济是中国马克思主义教育理论的开拓者。

第二，黄济是新中国马克思主义教育哲学的奠基人。教育哲学本来是一门古老的学科，但是新中国成立以后在教育系被取消了，用教育基本理论代替了教育哲学。直到改革开放以后才逐渐恢复起来。黄济同志担起了这个任务，并以马克思主义的观点方法重建教育哲学，先后编写了《教育哲学初稿》《教育哲学通论》，成为我国教育哲学的经典著作。

第三，黄济学贯中西、文通古今，熟娴中国传统经典，但崇古而不泥古，在弘扬中华优秀文化传统时总是重视渗透时代精神。强调弘扬中华优秀文化传统不是复古，一定要有所选择，与时代精神相结合。他离休以后，仍然笔耕不已，还在主编《中华国学教育经典丛书》。黄济学长六十余年如一日，培养了大批人才，发表了许多科研成果，为我国教育科学的发展作出了重大贡献。

黄济学长淡泊名利、严谨笃学、敦厚朴实、为人师表。年逾九旬，还足蹬三轮，奔走于校园之间，成为北师大一道独特风景，师生常常戏称"黄济老师又开着他的'宝马'来了"。他为人谦和可亲，在路上遇见时总要下车打招呼，真是一位可敬可爱的老人。

斯人已去，这是教育界的重大损失。对我来说，失去了一位亲密的学长和挚友。但我们的友谊永存！

2021 年 7 月 20 日在黄济诞辰百周年纪念会上的发言

忆毕老太

毕淑芝同志离我们而去已两年多了。她去世以后，很想写点什么，但不知道从何写起。我们共事交往近 50 年，要讲的话太多了，但又理不出一个头绪来。

1964 年，中共中央国际问题研究指导小组和国务院外事办公室批准高等教育部《关于高等学校建立研究外国问题机构的报告》，教育部在我校设立了外国教育研究室、苏联哲学研究室、苏联文学研究室、美国经济研究室。毕淑芝就被派到苏联哲学研究室工作，因为她留学苏联，读的就是哲学研究生。1965 年年底，师大党委决定把这 4 个外国研究机构合并成立了外国问题研究所（以下简称"外研所"），党委副书记谢芳春任所长、刘宁和我任副所长，我兼任教育系副主任并负责编辑《外国教育动态》，毕淑芝任直属党支部书记。于是我们就成了一个单位的同事。但是，正当我们想一展宏图的时候，"文革"开始了，谢芳春和我被造反派夺了权，离开了外研所。在"文革"期间，老毕非常同情我，保护我。那时使我认识了一些人的真面目，老毕成了我的知心朋友。

1972年5月至6月，在周恩来总理的关怀下，国务院科教组召开综合大学和外语院校教育革命座谈会，提到1964年成立的外国研究机构。在这个背景下，我校外研所开始恢复工作。当时我在北师大二附中工作。外研所在毕淑芝的组织领导下，做了许多工作，恢复《外国教育动态》为内部刊物，直到1979年共出刊22期。

1974年年底，我参加联合国教科文组织第十八届大会回来，师大党委决定调我回师大工作，任命我为教育革命组副组长兼文科组组长。我当时很不愿意，希望回外研所工作。但时任人事处处长张殿选对我说，现在学校需要干部，如果我一定要回外研所，那就把毕淑芝调出来。我不愿意挤了老毕，只好接受下来。但身在学校，心还在外研所。1978年在我校召开第一次外国教育研究会，也是在老毕主持下进行的，我做了一些协调工作。

1979年，学校党委决定撤销外国问题研究所，改建苏联文学研究所和外国教育研究所（以下简称"外教所"）。
苏联哲学研究室和美国经济研究室的同志自愿选择，可以回
原来的系也可以参加这两个研究所的工作。没有想到，除个
别同志回系以外，绝大多数的同志都愿意留下参加外教所的
工作。毕淑芝、曲恒昌、薛伯英、唐其慈等就都到了外教所。
党委任命我为所长，毕淑芝为直属党支部书记。于是我们俩
开始合作直到她离休。1984 年，我到学校工作，她继任外
教所所长，周蕖任书记。我虽在学校工作，但专业工作一直
没有离开外教所。当时学校领导班子以王梓坤院士为首，都

1989 年在蒙特里尔第六届世界比较教育大会期间合影

有自己的专业，所以决定每周二都不开会，回各自的系所从事教学科研。

外教所成立以后，我和老毕商量，如何把外教所建设好。我们认为，外教所应该成为外国教育资料库、咨询库、教育学科建设的平台、国际化人才培养基地。时值改革开放初期，教育部门渴望了解国外教育的情况和经验。我们首先恢复《外国教育动态》的公开出版，组织编写各国教育概况，介绍世界各国教育改革和发展的动态和经验，为当时各级各类学校的重建和教育改革提供国际视野；为教育部提供资料和咨询，如为我国学位制度的建立、师范教育的建设提供了大量外国资料和咨询报告。

1979年，我们招收了第一批比较教育研究生，即李守福、李春生、王觉非等，为后来申报硕士、博士授权点奠定了基础。1983年7月，我所被国务院学位委员会批准比较教育学博士授予权，我被授予博士生导师。当时一个学科只能有一位博士生导师，老毕把我推到了第一线。1985年招收第一位博士研究生王英杰。他在攻读博士期间由毕淑芝负责哲学学位课程、符娟明负责比较高等教育学位课程、我负责教育学基本理论课程。可以说王英杰的博士学位是我和毕淑芝、符娟明三人共同指导完成的。

老毕为外教所的制度建设、文化建设做了大量工作。坚持"立足中国，放眼世界"的办院方针；坚持严谨治学，教书育人；坚持精诚团结，守成出新。外教所在她领导的15年中出了大量研究成果，培养了一批硕士博士。并且使外教所成为一支精诚团结的团队，形成同事之间互敬互爱，在工作上互相学习、互相帮助，在生活上互相关照的团队文化。

老毕留苏是学哲学的，转而从事教育研究，发挥了哲学思维的优势。在任期间，她不仅领导全所人员开展比较教育研究，完成了几届五年社科规划重点项目，而且亲自撰写翻译了许多苏联教育著作，特别是对苏霍姆林斯基教育思想有深入的研究，成为我国研究苏联教育的专家。同时，她特别重视对年轻人的培养，当时胡劲松、刘军、肖甦等都是她的宠儿。

老毕为人真诚、待人和蔼可亲。同事给她起了绰号"老太太"。其实我们俩是同龄人，她还比我小几个月呢。因为她体态雍容、为人谦和，总是笑呵呵的，有点像老婆婆，所以给她起了那样的外号，她也从不介意。她离休后，一直关心外教所的发展。我们常到她家里聊天，我们是同事更是挚友。后来她搬到老王的干休所以后，我们的交往少了，实在太远了，去看她不容易。但经常有电话往来，打一次电话，

2018 年 4 月 27 日在毕淑芝家里

她可以与周藁聊个把小时。可惜晚年她身体欠佳，聊天也就少了。2019 年春，她的女儿王青从国外回来，我们还一起聚餐。没有想到当年秋天她就离我们而去了。我们永远怀念她。

2021 年 8 月 12 日

陶行知教育思想的践行者方明

　　方明，一位三十年代参加革命的老同志，曾在上海追随陶行知，创办了"流浪儿工学团"，参加抗日救亡运动。新中国成立后，曾任全国教育工会主席、全国人大代表、全国政协委员等职。我和方明同志相识，是在1964年世界科学中心在北京召开的北京科学大会上。会议的教育组，北师大党委书记程今吾是代表，方明和我是列席代表。从此我和方明有了交往。1986年全国教育工会换届，我曾当选为全国委员会常务委员。于是又在方明同志领导下开展教育工会工作。

　　方明同志工作严肃认真。他十分关心我国的教育发展和广大教育工作者权利。他曾参与过《义务教育法》《教师法》的制定工作。为使尊师重教成为社会风尚，他积极呼吁设立教师节。记得 1985 年春节前，他和我以及几位教育界同人共同给《光明日报》写信，倡议全国春节前后开展各种尊师活动，并希望各级政府领导在春节期间去向教师拜年。这封信发表在《光明日报》1985 年 1 月 17 日头版头条。他积极倡导在学校中建立以教师为主体的教职工代表大会制度，以发扬学校民主管理，维护教职工权利。他到全国各地演讲，宣传他的主张。他的演讲充满激情，一口无锡口音，非常有震撼力、感染力。我曾经请他到北师大来讲演，介绍学校建立教职工代表大会制度的意义和作用。我校教职工代表大会制度也就是在这个时候建立的。

方明同志是陶行知先生的学生，他把宣传和践行陶行知先生教育思想作为毕生的事业，他编写出版了《陶行知全集》，恢复出版了《生活教育》杂志，撰写了不少文章，宣传陶行知教育思想。他积极筹备成立陶行知研究会。1985 年 9 月 5 日，终于在全国政协礼堂召开了成立大会，同时还成立了陶行知基金会。时任国务院副总理李鹏、陶行知的学生刘季平、董纯才、张劲夫、张健等参加了会议。我和方明也参加了这次大会。刘季平当选为陶行知研究会第一届理事会会长，方明当选为副会长（后来继任会长），我当选为常务理事。此后，在陶行知研究会的活动中我们常常见面。

方老秉承陶行知的"爱满天下""捧着一颗心来，不带半根草去"的精神，奔走于全国各地，宣传陶行知生活教育思想，寻找实践典型。他曾经总结了山西省风陵渡全元庄教育经验，在北京召开了多次座谈会，我都被邀参加。2002年8月，中国教育学会与陶行知研究会在哈尔滨呼兰县共同举办了农村教育改革现场会，我和方老都参加了。我们在黑龙江副省长王佐书陪同下访问了呼兰县农村的学校，参观了学校实践陶行知生活教育思想的成果，参观了实施劳动教育的生产基地和学生的活动。

方老认为，我国教育需要改革发展，要遵循陶行知的教育思想，把教育与生产劳动结合起来，向社会学习。他像陶行知一样，特别关心农村教育。在20世纪八九十年代，我国工业化尚未完成，解决农村问题，需要培养既有文化，又有劳动技能的农业人才。因此，教育需要和农村的生活实际相结合。他特别赞赏全元庄的经验并积极推广。陶研会在他的领导之下，召开了多次农村教育和进城农民工子弟教育研讨会。他对陶行知教育思想的痴迷与执着，着实令人感动。他曾多次向温家宝总理写信，汇报推广陶行知教育思想的经验和对教育改革的建议。每次他都把复印件寄给我，这是对我的无限信任。

　　方明同志生活简朴、待人诚恳。他大我一个生肖年，我们可以说是忘年之交。我们有共同的理想，就是弘扬和践行陶行知教育思想，用大爱的精神，把教育办成"千教万教教人求真，千学万学学做真人"，培养具有祖国情怀、理想信念、真实本领的社会主义建设人才。我们经常在一起讨论教育问题，讨论陶行知研究会、《生活教育》杂志的工作。方老多次到我家来讨论陶研会工作。他是我的前辈，按道理我应该上门去拜访他，但他总是坚持要到我家来。他在耄耋之年从北京西城的公主坟总工会宿舍到东城崇文门我的住所，要乘坐地铁 1 号线转 2 号线，要过八九个站头。他是一名离休高级干部，本来有资格坐公车，但他出门从来都是乘公交。我非常担心他的安全，但他的这种艰苦朴素的作风，着实令人钦佩和尊敬，并为我们后辈做出了榜样。

　　方老离开我们已 14 年了，今年是他诞辰 105 周年，我们永远怀念他。

2022 年 2 月 1 日

原载于《生活教育》2022 年第 2 期

成人教育学科的拓荒者
——纪念关世雄同志

关世雄同志离开我们已经十多年了，但他的形貌依旧常常出现在我的脑海中。我和关世雄同志认识于1980年。那年，日本国立教育科学研究所研究员横山宏先生应邀到北师大外国教育研究所讲学，我作为外国教育研究所的所长接待了他。横山宏先生是研究成人教育的。我除了请我所司荫贞老师和我校教育系陈孝彬老师接待他外，还请了时任北京市成人教育局局长关世雄同志给他介绍北京市成人教育的情况。从此就和关世雄同志交上了朋友。

1986年，中国教育学会张承先会长推举我主编《教育大辞典》，我邀请关世雄同志参加编委会并担任"成人教育"分卷主编，他欣然答应。当时，成人教育在我国还没有成为一门成熟的学科，缺乏系统的理论体系。关世雄同志不畏困难，带领他的团队查阅国内外的资料，开展理论研讨。他说，要把编辞典作为契机，建立我国的成人教育理论体系，把它建设成一门学科。他联合全国各地成人教育行政领导和研究工作者开展调查研讨，开了无数次座谈会。在充分研讨的基础上拟订了成人教育的理论框架，然后对每个概念、每个词目进行认真的界定和释义。我们在编纂过程中对成人教育的认识、理解、体系的构建有过多次的讨论甚至争论。他都十分虚心地听取意见，带领团队重新研讨，修改稿件。终于使"成人教育"分卷完满地呈现在《教育大辞典》中。为成人教育学科的建设打下了基础，同时培养了一支老中青结合的成人教育研究队伍。因此我称关世雄同志为我国成人教育学科的拓荒者。

我和关世雄同志接触最多的另一个场合是北京高等教育自学考试委员会。十年"文革"耽误了一代青年上大学，1977 年恢复高考，但能够上大学的青年仍然寥寥无几。1977 年高考报名的有 570 万人，但招生名额只有 27 万人，大批青年渴望读书。为了鼓励青年自学成才，北京、上海等发起高等教育自学考试的办法。这个办法立即得到中央的肯定。1981 年 1 月，国务院批准在北京、天津、上海、辽宁试行高等教育自学考试制度。这是一个大胆的创举。北京的设计者和实施者是时任北京市副市长的白介夫同志和成人教育局局长关世雄同志。为此，成立了北京市高等教育自学考试委员会。白介夫同志任委员主任，关世雄同志任常务副主任，担任副主任的有北京几所大学的领导，我也忝列其中。我们每年要召开一二次会议，所以我们常有见面的机会。关世雄同志带领自学考试办公室的同志们精心设计社会上急需的专业，和高等学校联系，研究考试科目，组织每一年的考试。因为制度规范，要求严格，保证质量，自学考试毕业生在社会上获得了较高的声誉。北京市自学考试为社会培养了大批人才。这里面渗透了关世雄同志的汗水和辛劳。可以说，他在成人教育在理论和实践上都作出了卓越的贡献。

我和他接触中，深深感到他热情、豁达、诚恳、平易近人，我们永远怀念他。

2009 年 12 月 3 日

《朱小蔓文集》序

　　小蔓同志要我给她的文集作序，我乐意为之，因为我觉得她是一个愿意做学问的人，是为我国教育科学研究做了不少工作，有贡献的人。

　　第一次见到小蔓同志是 20 世纪 90 年代初在南京参加由中国教育学会举办的会议，听说她有十几年从事思想道德教育的实际经验，从伦理学术界转到教育学术界，投到鲁洁教授门下。初次见面，留下很好的印象。后来听说她从莫斯科大学做访问学者回来接了鲁洁教授的班，把鲁洁教授创办、在我国教育学术界很有声誉的南师大教育科学研究所老老少少专业人员团结得挺好，并有了更大的发展。90 年代中期她担任南师大副校长后，数次为南师大教育学科建设来看我，聊得深些了，知道她工作和求学经历，感觉她事业心强，对学术充满向往和敬畏。

2002年，她奉命到中央教科所任所长、党委书记，并任全国教育规划领导小组办公室主任。上任不久来看我，我觉得这个岗位的担子很重。在人们眼里，这个职位重要、权力不小，可是我们看她，总是一副大学女教师的模样，热情、坦诚，带着书卷气，还有些天真。后来，不断听到所里科研人员反映，在她的带动下所里的风气有所变化：尊重老同志的贡献，重视史、论以及比较研究在内的基础理论建设，热心国际学术交流，也看重课堂一线教师的研究，自己带队深入农村做调查，积极采取措施推动教科所为教育决策服务等。我感觉这一办所思路是端正的，如此下去教科所的发展建设应当有希望，因而很愿意支持她，那几年里我参加过她邀请的不少活动。

北师大出版社为她出教育学家文集，我赞成这件事，我觉得应该出。听说出版社早就动议了，她却一再坚持要晚些、希望少些愧疚不安。其实她的学术作品不少，有明确的研究方向和思考的着力点，价值趣味和文风，有自己的坚持和风格。可贵的是她虽然几十年"双肩挑"，但从没有把职务当"官"来做，学术情怀一如既往、不改如初，坐班行政之余一直坚持带研究生，搞科研，读书与写作。

现在这部书稿分三篇，上篇主题集中为道德与价值观教育。这是她的研究专攻。其中包括道德教育基本原理、道德教育研究方法、传统道德教育的现代转换、当代德育新问题及其应对、课程改革与道德价值观教育，还有对国外教育家、哲学家思想资源的学习借鉴。我感觉她写的德育研究文章善于吸纳不同学科的知识，既有一定的说服力和思想深度，又没有烦琐论证、艰涩语言，比较流畅、好读。看得出，她的作品往往与她的工作经历、生活事件及其所思所虑有关。世纪之交，她受命领衔申请在南京师范大学建立教育部人文社会科学重点研究基地——道德教育研究所，出任首任所长。这是南师大几代人学术文化积累的结果，她自然不敢懈怠，听说为了这个所的初建，她付出很多辛劳，生病住了几次医院。后来，南师大被批准建立全国第一个德育学博士点，这一基础是鲁洁教授等前辈奠定的。因为早在1986年，南师大有了第一个教育学博士点，重点方向即是道德教育研究，全国专攻道德教育的博士主要来自南师大。小蔓同志自然成为德育研究方向和后来的德育学博士点的学科带头人，从90年代中期起前后培养了几十名与道德教育学术相关的博士生、博士后。2005年，国家出版总署批准正式刊物《中国德育》，小蔓同志出任社长、总编。她和同事们一心想把这份刊物办成国内代表道德教育最高水平的专业刊物，短短两三年已在教育学术期刊中排名第八位了，这在当前的社会情势下很不容易，不投入心血是断不可能的。还有，小蔓同志自 2001 年受命带队研制中小学品德课程标准，2006 年起她受命领导初中思想品德课标修订，历时五年。我作为初中思想品德课程标准修订审议组组长，深知其难、其艰辛。因此我认为小蔓同志作为鲁洁教授的传人，继承了她导师的学术风范，对我国德育学科建设、德育课程政策、学校德育工作改善作出了不小的贡献。德育研究因其依托知识的综合性，因其与时代发展变化的密切联系，其学术价值及对实践的贡献有时是很难判断的，所以我希望她能坚持下去，并能带出更多年轻人。

文集中篇集中于情感与素质教育论题。情感教育是她的研究专长，她一直认为，人的情绪、情感，由于其早发性、强动力性和一定的内隐性，对人的整体素质发展具有根基作用，以此建树人的身体、智力、审美和精神发展的大厦才是内在性的、自然而可靠的。我注意到她以自己的情感教育研究，为 20 世纪 80—90 年代以来中国学校素质教育的推展和实验研究做了很多工作。1997 年即已形成的、对小学素质教育模式的理论建构不仅在国内学校有积极影响，在国外，参与学术讨论时也多次对外传播与交流。2005年教育部组织素质教育系统调研，她任一个专题组首席专家。在几次不同场合，我听她发表关于素质教育的认识，其基本理念、判断，包括对现行评价方式忽视人的素质发展的内在、隐性特征，造成种种负性伤害等观点，我都十分赞同。素质教育在我国学校推展目前还有不少困难和阻力，人们认识和行为上有不少混乱，需要作理论澄清，需要有学者发出声音。小蔓同志倘沿着这一研究方向继续开掘、更深入地研究下去，一定会不断显现其学术价值，并在教育实践中发挥作用。

文集下篇集中于教师人文素养与教师教育。小蔓长期在师范大学工作，在大学曾主管本科教学工作，为师范大学教学改革，特别在提升师范生人文素养方面发挥了一个学者校长的作用。她也直接主持过我国本科小学教育专业建设的研究论证工作，率先办起设在原南京晓庄师范的我国第一个本科小教专业，至今担任教育部教师教育专家咨询委员会小学教育教学指导委员会工作，因此她对教师教育，尤其是小学教师教育比较熟悉，也很有感情。1994年，她就呼吁培养具有情感人文素质的教师，她对我国小教界著名教师斯霞、李吉林等的教育成就满怀尊敬和热情，为她们写出的研究文章也特别有文采和学术感染力。对我国世纪之交教师教育改革既积极支持、参与，又常怀忧虑之心，以其学术敏感和良知对眼下过于追求外在化标准，未能很好把握教师专业工作性质、特征的种种不合适的政策与做法提出质疑和批评。

总之，我认为，小蔓同志研究的关注点、教育情怀以及秉持的价值观长期坚持如一，这很可贵。她的研究、她的演讲、她的文章总是既有不断跟进学习的新知、新的文献资料，又明显体现出对应时代问题直逼、挑战的思考和回应，总有饱满的情感，有她自己生活和生命的感受，并闪耀在她的思想与文辞之间。我想，中小学教师喜欢她的文与人，喜欢听她讲学，大概就是这个缘故。

从事教育研究既需要理论修养，又依赖教育经验与体验，小蔓同志工作经历丰富，从教学管理、教育科研管理到个人教书育人均能敬业专注、躬身勤勉，我相信这样的学力与人格条件是很适合做教育研究的。2007年年底她离开中央教科所岗位，之前高兴地告诉我将要到北京师范大学工作，她说，愿意把教书、做学术作为自己的人生归宿。我当然非常高兴，同时也为她回到学术而欣慰，因为她骨子里喜欢教书、喜欢学术、喜欢诚实的生活。我对她最大的希望就是保护好身体，劳逸结合，为社会、为教育、为年轻人做更多有益的工作。

2011 年 8 月 24 日于北京

后记

我在把这篇序言编到我的《如梦集》时是怀着沉痛心情的。小蔓同志于 2003 年患病，十多年来经过多次手术。她顽强地与病魔作斗争，同时还不忘工作，勤奋工作。不幸的是于 2020 年 8 月不治去世，使教育学术界失去了一位极优秀的学者。我们怀念她。

第六章

杂记

谈谈读书

我想大家都知道，读书可以长知识。人对客观世界的认识，要通过直接经验和间接经验两种途径。仰观宇宙之大，俯察品类之盛，我们不可以事事去实践，亲自去观察，只能依靠书本知识，也就是间接经验。我们可以从读书中获得丰富的知识和技能，逐步地认识世界，而且从读书中也可以得到乐趣，养成读书的习惯，可以不断地获取人类知识宝库中的珍宝，同时提高自己的文化修养。

读书不仅能获得知识，而且可以指导我们人生的道路。著名思想家惠普尔曾经说过："书籍是屹立在时间的汪洋大海中的灯塔。"它指引着我们人生发展的航向。一本优秀的读物，可以启迪我们的思想，教育我们如何做人，指导我们如何克服困难，走向胜利。

读书可以与古人对话，使我们了解历史。知道我们是从哪里来的，要走向哪里去。读书使我们知道中华民族 5000 多年来的辉煌历史，是中华民族的不懈奋斗创造出来的。中华民族经过了种种苦难，现在到中华民族伟大复兴的时候了。第一个 100 年的奋斗目标即将实现，第二个 100 年的奋斗目标即将启程。我们要努力读书，学好本领，为实现中华民族伟大复兴而努力奋斗。

读书也是与名人对话，思想交流的过程。歌德说过："读一本好书，就是和许多高尚的人谈话。"当然也就了解他的高尚的思想，向他学习。从而提高我们自己的思想品位。

读书可以培养我们的思维，扩大我们的视野，使我们从小书本中走向大世界。养成宽广的思维、宽容的思维、创造的思维。

读书要找好书。当今市场上的书多如牛毛，良莠不齐。读书要有选择。可以选择一些经典的书籍，历史故事、科学读本、名人名著。

读书的好处真是说不尽，让我们都来读书吧！

在 2020 年"京师线上阅读会启动仪式"上的录像发言

小小通讯簿

我有一本小小的通讯簿，经常带在身上，便于与亲朋好友、业务伙伴通话。但时间长了，通讯簿被翻弄得破烂不堪，想换一本通讯簿。可是走了许多文具店，通讯簿倒是多得很，各种款式，但却找不到我想要的小本本。因为我喜欢带在身上，放在口袋里，夏天衣衫单薄，能够放到衬衫衣兜里。国内买不到，我托人到国外去买。因为 20 世纪 50 年代，曾经有一位搞外贸的亲戚送给我一本小通讯簿，非常精致，可惜早已坏了。我想在国外总能买到。但他们买回来的也都不符合我的要求。

我女儿说，现在大家都用手机，通讯录都在手机上，还有什么必要用纸质通讯簿？的确，手机也好，电脑上的邮箱也好，都有通讯录，何必还要纸质通讯簿？我却觉得不然，通讯簿虽小，却大有文章。

现在手机里的通讯录都是按姓氏第一个字母排列的，用起来方便，却缺少点文化气息。我的通讯簿的排列是分类的。第一部分是家人、亲戚，这是最亲密的一群人；第二部分是工作单位的领导、同事、办事机构的电话，这是工作需要的；第三部分是学生，我是老师，经常要与学生联系交往；第四部分是本地的朋友；第五部分是外地的亲戚朋友，外地又再分分地区，常去的城市如无锡、上海、杭州、成都、广州等，分开记录。通讯簿中除了电话外，还记录着通讯人的地址和其他情况。有时对于亲朋好友还可以记录一下他的爱人、子女的名字和情况，以便通讯时附带问候交谈。这种分类，查阅起来非常方便。例如，我到杭州，翻到通讯簿的杭州部分，马上几位朋友的电话、地址就在眼前。

几十年来我已用完好几本通讯簿，但旧的通讯簿都留着。我觉得，这也是一种历史的记忆，反映了几十年来与人交往的历史。翻开它，能够让我回想起许多往事。例如，我早年在师大附中工作过，有几位附中老师的通讯方式，现在虽然已经联系不多，有的电话已有变动，但翻开通讯簿，就会想起往事。"文革"期间我曾经在东方红炼油厂劳动烧锅炉，有位小工友见我体瘦力弱，常常帮助我，我们结成朋友，"文革"后他在市政建设单位工作，还来看过我。后来因工作变动失去了联系，但我翻到老通讯簿，总会想起他。

翻开通讯簿，有欢乐，有悲伤。看到学生成长发展了，在工作中有成就，电话地址都变了，很高兴。也会看到有的老朋友走了，觉得很悲伤。但正如苏轼词中写的："人有悲欢离合，月有阴晴圆缺，此事古难全。但愿人长久，千里共婵娟！"

原载于《中国教育报》2021 年 5 月 8 日

名片与微信

我国古代就有名片，那时叫"名帖"或"名刺"，是一个人去谒见另一个人表明身份的说明。古代官员之间的往来就要用名刺。一个官员去拜见另一个官员，先向门房提交名刺。名刺上写有姓名、官衔、籍贯等。门房拿了名刺呈上主人。主人看了，如果官职比自己高，就要出门迎接；如果官职比他低，他就让门房引见。民间交往少有用名片的。

解放以后，工作人员来往就不用名片了，而是用介绍信，介绍人员的姓名、单位、办什么事务。改革开放以后，国内外交往多起来了，又开始用起名片来。用名片最多的是日本人。我在接待日本访问团时，发现他们一见面，就拿出一叠名片，给接待者每人一张。为此，我1980年访问日本，也就做起名片来。后来到欧美国家，发现他们也用名片。有名片确实方便，不仅能记住对方的名字，还便于以后的交往。

　　不仅在国际交往中用名片，国内也流行起来。我发现，外国朋友的名片比较简单，一般就印有姓名、工作单位、通讯地址。而中国人的名片，有的人写得很复杂，把他所担任的专职兼职都写上。正面写不完，背面还写一大串，有的还是两张叠加。中国人还特别注重写明本人的官职、级别，一定要把什么处长、厅长写上。有一次某省副厅长访问美国，在名片后面加了一个括弧，里面写上"正厅"二字。在美国遇到一位华人同胞，他以为"正厅"二字是该人的字号。中国的文人过去都有名和字，而且习惯称对方的字以表尊重。所以这位同胞就称呼那位老兄为"正厅先生"，闹了一个大笑话。

　　近些年来名片用得少了。人们一见面就拿出手机来问："能不能加你微信？"于是就互相在手机里找出微信二维码，扫一扫，互相就认识了，可以通讯聊天了。但是微信有一个麻烦，大多微信不用真实姓名，用的代号五花八门，有飞禽走兽、有花木虫鱼、有文学雅句、有豪言壮语，还有外文字母，不一而足。有时想找一位朋友通讯，在几百个微信号里头好半天才能找到。

　　名片也好，微信也好，都是为了便于交往，但多了也找来许多麻烦。几十年来我收到的名片就积累了好几千张。有的就见过一次面，后来再没有来往过；有的工作已有变动，通讯方式也都变了，旧的名片也就无用了。处理这些名片却是一件伤脑筋的事。随便扔掉吧，怕泄露朋友信息。只好购了一台粉碎机，把旧名片粉碎掉。微信里几百上千个名片怎么办？现在的办法是，把经常往来的亲戚朋友分类组成微信群。但也有问题，有些事不想让群里的人都知道，还是要找到通讯人的微信。有时想与好友讲点私密语，一不小心发到群里了，等到发现已无法撤回，弄得很尴尬。总之，什么事都有两面性，有利有弊，只好在运用中去找方便吧。

原载于《中国教育报》2021 年 7 月 17 日

袜子与拖鞋的趣事

　　出国访问总要带点礼品，除了带有学校标志的纪念品外，给接待的朋友，总要带点小礼品。中国人出去，一般给女士带点有中国元素的丝绸围巾、手帕等，给男士带丝绸领带。欧洲国家的朋友往往送给我们带有他们学校标志的徽章、水杯、钢笔之类。有时候送给我烟灰缸，其实我并不吸烟。日本朋友喜欢送袜子。开始我很奇怪，为什么老送我袜子？后来到日本才体会到送袜子的道理。

　　日本家里都铺着榻榻米。榻榻米是蔺草织成，有如我国北方的炕席，吃饭睡觉都在上面，所以不能穿着鞋子走上去。一进门就要脱下鞋子，穿着袜子才能走上榻榻米，所以在日本袜子很重要。中小学进门要换上拖鞋，学生则换上软底布鞋。有的学校门口就写着"土足勿入"或"土足禁止"，提示客人进校要脱下皮鞋，换上拖鞋。拖鞋倒不用自己带，学校门口都备有拖鞋。许多大学楼门口都备有拖鞋。如果在那里上班，就认定一双拖鞋，离开时放在一定柜子里。

1992 年我们和日本福岛大学开展"中日美三国师范教育研究"项目。美国来了两位学者，高大的身躯，学校预备的拖鞋他们穿不进去，只好从宾馆里把那双大拖鞋带上。会后我们又到东京早稻田大学开会。早稻田大学是日本一所最

友人送的袜子

现代化的大学，那里的国际会议厅并不要求换拖鞋。但两位美国人腋下还夹着那双大拖鞋，真令人发笑。

我国改革开放前建的住宅一般都是水泥地，上班和在家里一般也都不换什么拖鞋。改革开放以后，人民生活富裕了，买了新房子都要装修，许多家庭都铺上考究的木地板。因此回家就要换上拖鞋。同时门口都预备几双新拖鞋，以便于客人来了换上。

我的脚是旱脚，脚后跟常常要裂开。特别是冬天，脚后跟像一把锉刀，袜子穿几天就要磨破一个洞。为了节约，老伴总要给我补上。所以我常常都穿着打补丁的袜子。到日本就要换上新袜子了。现在，到国内朋友家里也不能穿破袜子了。日本朋友送给我的袜子，就派上了用处。

2021 年 7 月 28 日

原载于《中国教师》2021 年第 12 期

校庆纪念册的命运

最近阅读《王培孙文集》。王培孙是我国清末民初的知名的教育家。早年就读南洋公学，1900年，从叔父王维泰手中接办育材书塾，次年改名育材学堂，后又更名为南洋中学，王培孙任校长52年。他的论文并不多，但抱着教育救国的思想，坚持为国培育人才。他提倡新学，致力于学制和课程设置的改革。学校管理上鼓励学生律己自重，以养成坚毅朴厚之学风，塑造自立自强之人格。每届学生毕业，他都会作临别赠言告诫学生不要去做官发财，不要"在社会争多金，博高位"，为习俗所蔽。

王培孙办学，讲求勤俭朴实，不求虚华。1927年第二十七届毕业生要办毕业纪念刊。他在赠言中却极力反对。他说："此等刊物必求美观，糜费颇巨。除同学各持一册外以之赠人。所赠之人又鲜关系，一展览即随手抛却。故所糜之费无异定造字纸，不多时而发现于城隍庙之书摊，已为幸事矣。"此话我特别欣赏。

改革开放以来，我走访了许多学校。就收到了许多学校的校庆纪念册。从美丽漂亮的画册中看到学校的发展，看到学校师生生动活泼的图片，确实很高兴。但是看过之后也就放在一旁了。特别是几年以后，学校已事过境迁。纪念册对本校或该届毕业生来讲也许有历史保存的价值，对其他人则已无任何价值。积累的几十本纪念册，不知道如何处理。卖废品吧，觉得对学校不尊重，留着吧，占了书架的许多空间。所以我也常劝说，学校不要搞什么豪华纪念册，王培孙的赠言至今犹有现实意义。

记得我中学毕业时，学校给每一位毕业生发一本通讯录，以便日后联系。同班同学每人买了一个小本本，同学之间互相赠言，共同签名在一张纸上，里面有自己将来的人生规划、有对未来的梦想、有对同学的祝福。多少年后翻起来还非常有意义。

2021 年 7 月 22 日

原载于《中国教师》2022 年第 4 期

学校所发通讯录

读《电影三字经》

五月初，客来访，名柳城，是名导，

赠宝书，三字经，论电影，谓柳经，

两大卷，中英文，线来装，美又精。

讲电影，我外行，只会看，不懂评，

只知道，大明星，粉丝多，众人羡，

战争片，赞英雄，言情片，赏美人，

娱乐片，看热闹，悲剧片，空悲切。

读宝书，才知道，拍好片，极不易，

读柳经，方明白，摄电影，大学问。

好电影，靠剧本，下基层，写人生，

拍好片，赖明星，深投入，富感情，

高科技，声光色，讲和谐，找平衡。

三字经，九百字，论剧本，论艺理，

论导演，论演员，论音乐，论技艺。

好柳经，意涵深，是教材，寓人生，

传神洲，播西土，教科文，授奖牌。

好电影，是教育，导学生，悟人生，

坏电影，成教唆，误青年，走歧路，

由此见，摄电影，演好戏，责任重。

教育者，最期盼，多拍摄，儿童剧，

扬传统，传美德，讲公德，乐助人，

崇科学，求真理，讲民主，尚诚信。

与柳君，虽初识，读柳经，深受益，

开眼界，长见识，事欲成，学柳君。

2012 年 6 月 9 日于求是书屋

写在《活力》前面

生命在于活力，
学校的生命也在于活力。

活力来自何方？
活力来自教师的爱。
爱是教育的源泉，
爱在教师的心中。
学生在爱的土壤中生长，
教师在爱的田园中绽放。

活力来自何方？
活力来自师生梦想。

梦想是希望，

梦想是力量。

学生在梦想中飞翔，

教师在梦想中实现人生理想。

活力来自何方？

活动就是活力。

活动中有学生的天地，

活动中展示教师的才华。

学生在活动中创造，

教师喜见学生的成长。

活力来自何方？

请看天津河东区谱写的教育华章！

2019 年 6 月 19 日

抗疫感怀

天使在前线，教师是后盾，

教育青少年，科学抗疫情；

停课不停学，读书又锻炼，

师生同努力，战疫必胜利。

庚子春日新型冠状病毒施虐，全国抗疫，

湖北加油，中国加油！

教育四季行

春天里来花儿开，朵朵花儿放光彩。

爱是教育的源泉，灌浇着小苗苗壮成长。

夏日里来花怒放，满校园是灿烂的阳光。

兴趣是教育的动力，激发着孩子学习的热情高涨。

秋日里来丰收忙，硕果累累挂树上。

教书育人在细微处，教师引导学生避短扬长。

冬日里来雪花飘，男女健儿冰上跑。

学生成长在活动中，读书劳动爆发出创造力量。

图书在版编目（CIP）数据

如梦集：顾明远随笔 / 顾明远著. -- 北京：北京师范大学出版社，2022.9
ISBN 978-7-303-28135-0

Ⅰ.①如… Ⅱ.①顾… Ⅲ.①教育－随笔－中国－文集 Ⅳ.① G52-53

中国版本图书馆 CIP 数据核字（2022）第 155250 号

如梦集——顾明远随笔
RUMENGJI——GUMINGYUAN SUIBI

顾明远　著

策划编辑：曹　巍　姜　钰　　责任编辑：曹　巍　胡玉敏
美术编辑：王齐云　　　　　　　装帧设计：王齐云
责任校对：陈　民　　　　　　　责任印制：李汝星

出版发行：北京师范大学出版社	开本：889mm×1194mm 1/32	版次：2022 年 9 月第 1 版
印刷：北京盛通印刷股份有限公司	印张：8.875	印次：2022 年 9 月第 1 次印刷
经销：全国新华书店	字数：140 千字	定价：59.90 元

北京师范大学出版社
http://www.bnupg.com
北京市西城区新街口外大街 12-3 号
邮政编码：100088
营销中心电话：010-58804378
北京师范大学出版集团期刊社：010-58804078